「皆様方のお世話を任されました、メイドでございます」
静かに降り注ぐ月明かりに、つややかな黒髪のメイドの姿が晒された。
神達に拾われた男 8

ヒューズ
ルルネーゼ

公爵家で盛大に行われる結婚式。
新郎新婦を中心に会場は祝福に包まれる——
ラインハルト
エリーゼ
竹林竜馬《たけばやしりょうま》

「僕って基本、人に神託とか与えないほうなんだけど、君には会ってみたかったんだぁ」
彼は笑いながら、水中を漂っている。身に纏った布の端がひらひらと、魚の尾ひれのようだ。

神達に拾われた男

8

The man picked up
by the gods

Roy

CONTENTS 8

The man picked up by the gods

illustrator：りりんら

5章29話　前夜の宴と思い出話

大量のスライムによる突貫《とっかん》作業の甲斐《かい》あって、湖には澄《す》んだ水が流れ込んでいる。

一時的に水門を閉じて完全に水を抜《ぬ》いたため、まだ水深は浅い。

しかしこの分なら明日の朝までには元に戻《もど》るだろう。

別に見張る必要はないけれど、俺《おれ》はなんとなく元通りになっていく湖を眺《なが》めていた。

夜、それも水辺の風はだいぶ冷たいが、一仕事終えた後だと心地《ここち》よい。

そう思っているうちに、結婚式《けっこんしき》場設営の仕事を終えたメイドさん達《たち》が帰っていく。

「そして誰《だれ》もいなくなった……そんな小説昔読んだなぁ」

アレは推理小説でこんなにのんびりはしていなかったけど。

くだらないことを考えていると、屋敷《やしき》のほうから４人分の足音が近づいてきた。

「よう！　リョウマ」

「ヒューズさん。それにジルさんとカミルさん。ゼフさんまで」

慣れ親しんだ護衛の４人が、何やら良い匂《にお》いのするバスケットや酒瓶《さかびん》の入った箱を抱《かか》えている。

「どうしたんですか？　その荷物」

「夕飯だよ。今日は式の前日だから、リョウマと食おうと思ってな」

式の前日、新郎《しんろう》新婦は可能な限り家族と共に食事をとって語り合うらしいが、ヒューズさんもご両親が既《すで》に亡《な》くなっているそうだ。

「親の代わりと言っちゃなんだが、こうして生きてるのもお前のおかげだし。何より昨日は一緒《いっしょ》に飲めなかったからな。どうだ？　星でも見ながら一杯《いっぱい》」

そんな大事な日の飲み仲間に選んでくれるなんて、ありがたいことだ。

「ぜひご一緒させてください」

「そうか！」

「では早速《さっそく》用意をしよう。カミル、ゼフ」

「料理はしっかり料理長にお願いしてあるから、おいしいよ！」

「テーブルと椅子《いす》はここにありやすしね」

「じゃあ僕《ぼく》、防寒用の結界張りますね。あとスライムを用意するので、ゴミとかあったらそっちにおねがいします」

手分けして用意をすること数分。

目の前には温かいシチューとパン。コンロの魔法道具《まほうどうぐ》の上には鍋一杯《なべいっぱい》のチーズフォンデュ。

その他、お酒と合いそうなおつまみがところ狭《せま》しと並べられた。

「それでは一足早くヒューズさんの結婚《けっこん》を祝って、乾杯《かんぱい》！」

「「「乾杯！」」」

グラスの中身を口に含《ふく》むと、芳醇《ほうじゅん》な香《かお》りが鼻に抜ける。

「ん！　なんだこれ、随分《ずいぶん》と良い酒じゃねーか！」

「お酒用意したのジルさんですよね？　高かったんじゃないですか？」

「せっかくの祝いの席だ。多少贅沢《ぜいたく》をしてもよかろう」

「そりゃそうですが、こんな良い酒に合わせるならつまみももっと何か考えたかったですぜ」

そんな話をしている4人。ただの同僚《どうりょう》にしては仲が良く見える。

そういえば彼《かれ》らの関係については聞いたことがないな。

「皆《みな》さんはいつから一緒に働いているんですか？」

「ん？　10年くらい前だな。ジルは元々公爵《こうしゃく》家に仕えていて、俺とゼフ、あとカミルは冒険者《ぼうけんしゃ》から警備に入った。そん時からだな……俺ら3人は同期で、新人の指導役がジルだったんだよ」

「へぇ……」

「カミルとゼフはともかく、ヒューズには苦労させられたよ。腕《うで》っ節《ぷし》は目を見張るものがあったが、規律や堅苦《かたくる》しいしきたりが大嫌《だいきら》いときて、貴族に対する最低限の礼儀《れいぎ》作法もなっていなかったからな」

「必死でしたよね、当時のジルさん」

「警備の1人とはいえ場合によっては客の前に顔を出さなければならない時もあるからな。そこで何か問題を起こされれば、旦那様《だんなさま》や家の恥《はじ》になるからな」

「ああ、あの頃《ころ》は色々言われたなぁ……〝貴様！　それでよく貴族の屋敷に仕えようと思ったな！〟だっけか」

「心の底から理解できなかったからな。お前自身の考えも、お前を雇《やと》うと決めたラインハルト様の考えも」

「実際のところはどうだったんですか？」

本人に聞いてみると、少し考える様子を見せてから口を開く。

「あの当時はなぁ……」

ヒューズさんはそれから自分が辺境の農家の長男だったこと。一生田畑を耕すだけの貧乏生活が嫌《いや》で、腕っ節に自信があったこともあり、若い頃に家を飛び出して冒険者になったことを語ってくれた。

「最初はそれなりに苦労したけど、だんだん生活も安定してな。Bランクまでいったし、俺としてはそのまま冒険者を続けても良かったんだが……Bにもなると周りに辞《や》めてく奴《やつ》が多くてな。そろそろキツくなってきたとか、大分蓄《たくわ》えができたからあとは普通《ふつう》に働きながら安全に暮らすとか。

そんなんで解散するパーティーを転々としていた頃に、今の旦那様と奥様《おくさま》に会ったのさ」

「そういえばお2人とも一時期冒険者として活動していたらしいですね」

「おう、2人も俺と同じ元Bランクでパーティーを組んでた。身分を隠《かく》して活動してたんだが、貴族っつーか金持ち？　みたいな品の良さは全然隠せてなくてな」

2人はギルドでは浮《う》いた存在だった。ヒューズさんは楽しげに笑いながら語ってくれる。

「で、最初は変なのがいるな～くらいにしか思ってなかったんだが、大きな依頼《いらい》で高ランクの冒険者が大勢駆《か》り出《だ》されて、俺も即席《そくせき》のパーティーで強制参加させられて、連携《れんけい》が上《う》手《ま》くいかずにほぼ壊滅《かいめつ》。俺以外が全員動けない怪我《けが》をしてもうダメか⁉　って時に、2人が来てくれて助かったのさ。その礼をしたり恩を返そうとしたりするうちに、気が合って一緒に活動するようになったわけさ」

「ちなみにあっしもその依頼がきっかけで親しくなった口ですぜ」

「ゼフさんも。ということはカミルさんも？」

「あ、いや、僕は～……」

「カミルは俺らよりちょっと後だな。こいつ魔法の腕は良かったんだがそれ以外が微妙《びみょう》でよ、一時期世話してやったことがあって」

「ちょっ。リョウマ君、間違《まちが》えないでね。僕は〝微妙〟じゃなくて〝普通〟だから。ヒューズさん達みたいにBランクで一流までいかないってだけだから」

「ま、そういうことにしといてやるか」

「実際に魔法なら幅広《はばひろ》い状況《じょうきょう》に対応できるだけの実力があるからな。旦那様が連れてきたとはいえ、最低限の力量がなければ護衛にはなれん」

ジルさんがそう言うと、カミルさんはホッとした様子。そして俺は納得《なっとく》。4人の仲は良いけれど、カミルさんが若干後輩《じゃっかんこうはい》のような感じなのは、冒険者時代から引《ひ》き継《つ》がれているのだろう。

「で、最終的に俺らならAランクも狙《ねら》えたと思うんだが……2人のほうが時間切れでよ。そのとき初めて身分を明かされたんだ。2人は結婚して、公爵家のあとを継《つ》がなきゃならねぇんだと」

「あれは驚《おどろ》きやしたねぇ……結婚に関しちゃ元々ずっと2人でいたんで今更《いまさら》でしたし、身分も貴族だろうなとは確信してやしたが」

「まさか公爵家の跡取《あとと》り息子《むすこ》とその婚約者《こんやくしゃ》だったとは思いませんでしたよね！」

「まったくだ。で、そうなると必然的に俺らがどうするかって話になってさ。誘《さそ》いを受けたわけよ。俺らなら腕も知ってるし信用できるから、ってな。

俺は正直悩《なや》んだんだが、またバラけてもあの当時以上のパーティーはない気がした。それに公爵家の跡取りともなると、一冒険者がおいそれと会うのは難しいだろう。下手したらそれっきりになるかもしれねぇし、せっかく気の合った仲間だ。それっきり、はいサヨナラってのも……な？」

だからヒューズさんは雇われることにしたそうだ。辞めることはいつでもできるが、公爵家に雇われるのは難しい。ならばひとまず誘いは受けておこう、と。

「ま、そんな感じで入ったから、ジルとは揉《も》めに揉めたんだがな」

「当たり前だ！　貴族に仕える、それも主の身近に置かれる護衛には特に忠誠が求められる。私がこの屋敷で働けるようお許しをいただいた時は、一生を捧《ささ》げる覚悟《かくご》をしたものでーー」

お酒が入ったせいかジルさんがヒューズさんに絡《から》みだし、それを残る2人がなだめてさらに会話は弾《はず》む。

内容は主に結婚を控《ひか》えたヒューズさんがこれまで口にできなかった不安や相談事。二度の人生で一度も結婚を経験していない俺にはわからないが、わからないなりに励《はげ》ましを続けるうちに……

「ZZZ……」

「……だから、だな……」

「…………」

「……」

「もしもーし……ダメだこりゃ」

全員つぶれてしまった。

「……誰か手伝ってもらえませんか？」

俺がそう声を上げると。

「お呼びでしょうか？」

数秒置いて、無人の背後からは聞こえるはずのない女性の声。

そしてカサリ……カサリ……と草を踏《ふ》む音が聞こえてきた。

5章30話 月夜の邂逅

「どちら様でしょうか？」

「皆様方《みなさまがた》のお世話を任されました、メイドでございます」

静かに降り注ぐ月明かりに、つややかな黒髪《くろかみ》のメイドの姿が晒《さら》された。

しっかりと舗装《ほそう》された会場があるにもかかわらず、なぜか木陰《こかげ》から出てきた彼女《かのじょ》は堂々と言いきる。

あんなところに隠れていた時点で怪《あや》しいが、それ以上に、

「僕、これまであなたを見たことないのですが」

「広大なお屋敷ですから。そういうこともあるのでは？」

「確かにそうかもしれませんが、メイドさんではないでしょう？」

この間の若い子たちは一時雇いの下働きだから別としても、お客の前に出ることを許されるようなメイドさんには相応の教育がされているという話だ。実際にメイド長のアローネさんやルルネーゼさん、ビオラさんも相応の態度で接してくる。

だけどこの人（？）は口ではメイドと言っているが、それだけで名乗りもしないし頭も下げない。別に頭を下げられたいわけじゃないけれど……先ほど俺が見たことないと言ったら、やや挑発的《ちょうはつてき》な声色《こわいろ》で返してきた。明らかにメイドさんの態度じゃないし、すっとぼけるようで本当に隠す気は感じられない。

「私がメイドでなければ何だとお考えで？」

「〝家憑《つ》き妖精《ようせい》〟」

そう答えると、女性は否定することなく笑顔《えがお》を浮かべた。

ただしニコリ、ではなくニヤリ……という笑顔だが、間違いではないのだろう。

「いつからお気づきに？」

「気配だけはずっと」

家憑き妖精の話を聞いてからはそういうものかと思って気にしないようにしていたけど。

お屋敷に来た日から今日まで何度も感じたから、いくらなんでも間違いようがない。

……まさか姿を見せるとは思わなかったけど。

「あとは、周りの様子と４人の行動が少し変だとは思った」

会話自体は自然だったけれど、俺はここでの食事について、事前に何も聞かされていなかった。

だけど4人は事前に用意されていたようにお酒と料理を持ってくる。

一緒に食べるにしてもなぜ外なのか？　室内に案内する様子もない。

暗くなっても、俺が一度も屋敷に戻らないのに誰かが様子を見に来ることもない。

ここの人は皆、細やかに世話を焼いてくれるからこそ余計に違和感《いわかん》があった。

「様子がおかしいと思う人が持ってきた食べ物を、あんなに平然と食べていたんですか？」

「一応毒や薬が入ってないことは確認《かくにん》したよ。準備でスライムを出した時に」

あの時、俺はディメンションホームからゴミ処理用のスカベンジャーを一度大量に呼び出したが、その時一緒にポイズンとメディスンも出していた。

「ポイズンスライムとメディスンスライムは、それぞれ毒と薬を好むスライム。それが料理に反応しなかったから、料理は安全だと思ったよ」

というか、そもそも危険な感じは今もさっきも全然しない。

俺はあくまでも念のためだし、向こうもただ話を聞いて納得しているだけだ。

「鑑定《かんてい》の魔法は使っていなかったはずだと思いましたが、そういうことでしたか」

「まぁ、正直あの場での思いつきなんだけどね。それにしては良いアイデアだと思ったよ。毒物や薬物の検知にスライムを使う。研究する価値もありそうだ」

「確かに貴族に重宝されそうですが……あなたとスライムの話をすると長くなりそうなの

で止《や》めておきましょう」

……そう言われると話したい気もするけど、ここはグッと飲み込もう。

「で、結局あなたの正体は？」

「半分正解、といったところですね。私は確かにこの屋敷の人々に家憑き妖精と呼ばれていますが、厳密に言えば〝この屋敷に住み着いている妖精〟であり、家憑き妖精ではありません」

元々そこまで隠す気はなかったんだろう。妖精であることをあっさり認めた。

しかし新たな疑問も生まれた。

「〝妖精〟と〝家憑き妖精〟は別の種族なの？」

「似たような生まれ方をしますが、家憑き妖精や道具などに宿ると言われる妖精はアンデッド系の魔獣《まじゅう》に近い存在ですよ。人間の利益になるというだけで」

彼女は親切に教えてくれる。

曰《いわ》く、妖精とはこの世界に満ちる大自然の魔力《まりょく》から生まれ、実体を持つ存在。性格は基本的に純真かつ自由奔放《じゆうほんぽう》で、基本的に生まれた場所で生活するが、極《ごく》まれに好奇心《こうきしん》で遠くまで旅をしたり、人間の街に迷い込むこともある。姿は小さな人のようでかわいらしいが、強い魔力を持ち火や水などの属性魔法を得意とする。

対する家憑き（もしくは物に宿る）妖精は、所有者と接するうちに所有者から漏《も》れた魔力が思念と共に染み付き、蓄えられて生まれる存在。基本的に実体を持たず、魔力の染《し》み付いた物体から遠く離《はな》れることはできない。その性質は所有者の精神に大きく左右されるため、人を支えるような存在が生まれることもあれば、人に危害を加える存在も生まれる。日本的にはいわゆる〝付喪神《つくもがみ》〟と考えれば良いだろう。

またこの存在を生む人の魔力と思念だが……これらを人が最も強く発する時というのが〝死の瞬間《しゅんかん》〟であり、アンデッド系魔獣（いわゆるゾンビやスケルトン等）が生まれる原因でもある。だからだろう。語り口から察するに、妖精的にはあまり家憑き妖精と一緒にされたくないようだ。

「何度も言いますが、私は自然の魔力から生まれた〝妖精〟ですからね。生まれはどこかの森です」

「なるほど……存在するとは聞いていたけど、まさか会えるとは思わなかった」

しかしさっきのはあくまでも一般的《いっぱんてき》な妖精の話だろう。

目の前にいる妖精はどう見ても小人ではなく普通の女性にしか見えない。またこうして会話をしていると無邪気《むじゃき》と言うには随分と思慮深《しりょぶか》い印象を受ける。何よりこの状況を作ったのは十中八九この妖精……〝住み着いた〟と話していたことから、おそらくこのお屋敷の人と契約《けいやく》しているわけではないだろうし、そうなると人の行動を操《あやつ》る催眠術《さいみんじゅつ》のような能力を有しているのかもしれない。人を惑《まど》わすとか妖精というイメージからもありえそうだし。

完璧《かんぺき》に人間に化けていることといい、知性を感じさせていることといい、妖精の上位種だと推測する。

「ところでそんな妖精さんが僕に何の用でしょうか？」

「本当は姿を見せるつもりはなかったのですが……あなたに聞きたいことがあります」

黙《だま》って続きを待つと、彼女はいきなり、

「悩みはありませんか？」

と聞いてきた。

「悩み、ですか？」

「何か困っていることでもいいですよ。何かありませんか？」

「特にないですね……」

強いて言えば、いきなりそんなことを聞かれて困ってるけど。

「何かあるでしょう。地球との生活の違《ちが》いに戸惑《とまど》っているとか」

「生活は――今、何て言った？」

〝地球〟

彼女は間違いなくそう口にした。

危険は感じないが、反射的に警戒《けいかい》してしまう。

「はて？　急に、ああ……」

そんな俺を見た彼女は一瞬《いっしゅん》だけ疑問の表情を浮かべ、直後に1人で納得したようにうなずく。

「そういえば話していませんでしたね。もともと会うつもりもなかったので忘れていましたが――申《もう》し遅《おく》れました。私の名前はユイ。漢字で〝結〟と書いてユイ。かつてあなたと同じく地球からこの世界にやってきた日本人である、〝シホ〟の従魔《じゅうま》をしていた妖精です」

「⁉」

シホ・ジャミール……確か公爵家の祖先にいたとされる転移者であり、従魔術《じゅうまじゅつ》の開祖。彼女はその従魔か？　言われてみれば彼女の姿はこの国の人として違和感がないが、黒髪黒目で顔立ちにどことなく日本人の雰囲気《ふんいき》を感じないこともない。

突然《とつぜん》のことで驚いたけど、嘘《うそ》をつく意味もない……か？

「シホはその命が尽《つ》きる前に、私に2つ言い残しました。1つは自分の子供やその子孫をできるだけでいいから見守ってあげてほしい。そしてもう1つが、いつかまたこの世界に来るであろう転移者を見つけたら、それとなく助けてあげてほしい……と。

シホは心優《こころやさ》しい女の子でした。そして少々無茶《むちゃ》をしたせいもあるのですが、こちらの世界での生活に悩み苦しんだことも多くありました。だからこそ、自分の後に来る地球人が少しでも楽になるよう、何かできればと私に言葉を残したのでしょう。外的要因さえなければ、妖精は100年や200年では死にませんから。

ちなみにあなたが地球人であることは、シホを知っている私にはすぐにわかりました」

「それで、悩みがないかと」

「尤《もっと》もここまで会話をするつもりはありませんでしたが」

彼女が言うにはやはり催眠術のような力を持っているようで、本当は寝床《ねどこ》に侵入《しんにゅう》してその力を使い、抱えている悩みを暴露《ばくろ》させ、長く生きた経験や知識から解決策を授《さず》けられれば授けて、後は夢として解決策以外の記憶《きおく》をうやむやにするつもりだったらしい……が、

「あなたは人間なのに私の力が全然効かないようで、こうして出てこざるを得なかったのです。あなた方転移者は神々から何かしらの力を授かると聞いています。私の力が効かなかったのは、あなたに与《あた》えられた力のせいでしょうか？」

「効きにくい？　あ、いや、申し訳ないけどそれ自前。精神攻撃《こうげき》とかとんでもなく効きにくい体質みたいで」

「……そうですか」

静かにだけれど、なんだかすごくショックを受けているようだ……そんなに悔《くや》しかったのか？

ちなみにヒューズさん達を使ったのも、親しい相手とのお酒の席なら俺も悩みをポロッと口に出すのではないかと考えたらしい。また何故《なぜ》か結婚前夜のヒューズさんにも悩みをこの場で吐《は》き出してしまうように仕向けたらしく、結果的に会話は彼のことばかり。肝《かん》心《じん》の俺からはろくに悩みを聞けなかったとか……

「なんでヒューズさんの悩みまで？」

「え？　ああ……そちらは趣味《しゅみ》で。長年この屋敷で人を見続けていると、屋敷の中で想《おも》い合う男女に気づくこともよくありますから。そこでこう陰《かげ》ながら応援《おうえん》というか、私の力で雰囲気や機会を作ってあげたり、片思いの子がいたらそれとなく気づかせてあげたり。あ、決して力で無理やりどうこうはしませんよ？　あくまでも当人の気持ちを後押《あとお》しするだけで。そして問題がなければ結婚まで陰から眺めつつお世話をする。そういう趣味です」

「お見合いセッティングマニアのおばさんかっ!?」

「その呼ばれ方は嫌ですね……結婚まで行き着いたカップルは彼らで１０３２組。お付き合いまでであればその５倍は成立させました。そもそも私の名前のユイとは結ぶという意味があるそうで。縁結《えんむす》びのユイ、となら呼んでくれてもかまいませんよ?」

「なんか自称《じしょう》し始めた……具体的にいつからかは知りませんが、何百年も人知れずそんなことを?」

「逆に何百年も何もせずに生きているだけの生活に耐《た》えられますか? ここは食事も手に入りやすくて助かりますが、それだけでは退屈《たいくつ》すぎますし……本音を言えば私、シホ以外の人間はあまり好きではないのです。昔捕《つか》まって売られたので」

なんでも妖精は先ほども聞いたとおり魔法が得意で魔力も多い。姿は小人でかわいらしい。さらに魔力から生まれた体の内部、心臓の部分に高純度の魔石を持っている。そのため従魔として戦闘《せんとう》補助に、愛玩《あいがん》用に、殺して魔石にと人間にとっては価値が高く、昔から捕まえて売りさばこうとする人々が尽きないのだとか……

「最初は人間は全《すべ》て敵と思っていましたが、買ってくれたのがシホだったのが幸いでした。私を捕まえた人も売った人も、みんなとっくに死に絶えたでしょうし、今更気にしてはいませんがやはり人目は避《さ》けたいのです。そして暇《ひま》をつぶすにしても人に危害を加えるようなことをすればシホに面目《めんぼく》が立ちませんし、縁結びのお手伝いをしながら観察するくらいなら許されるかなと。考えようによっては人間を手玉に取っていると言えなくもないでしょう?」

「それはまぁ、確かにそうかもしれないけれど」

「ちなみに私が最初に成立させたカップルは他《ほか》ならぬシホ自身です。1人の平民でしかなかったシホをその能力に目をつけた貴族から守りながら、従魔術開発研究の仲間であり出資者でもあった偉《えら》い人間との大恋愛《だいれんあい》を応援し。さらに結婚を実現するためにあれこれと手を回し、貴族の養子にもなって身分を近づけ、あれは皆が一丸となってようやく成功させた結婚でした」

興味はあるけど真偽《しんぎ》はわからない。大事な思い出かもしれないが、1人で語りだされると困る。

「おや？　気づけば私ばかり話しているではありませんか」

「最後のはあなたが勝手に話し始めたことだと思いますが」

「オホン……それは置いておいて、そろそろ悩みを聞かせてほしいのですが」

「あ、そこに戻るのね……いやだから別にないですって。こっちの世界に来てからずっと幸せでしたし、力を借りなきゃならないほど困ってもいないので」

またいつか、ということではだめなのだろうか？

聞いてみると彼女は渋《しぶ》い顔になる。

「あまり人前に出たくないので、あなたとも次を作らずこれっきりにしたいのですが」

「なるほど。そういうことでしたか――ってぉい！　そっちから訪ねてきといてそれはないでしょう」

「妖精は基本的に身勝手なものですよ？　自分にとって楽しいもの、大切なもの、特別なもの、そしてそれ以外という具合に。私の場合はシホのお願いを聞いてあげたいだけ。それなりに長く生きているのである程度我慢《がまん》もできますが、1回助けたからと些事《さじ》があるごとに頼《たよ》られても困りますし、あなた自身には特に何も思っていませんので」

「言い切ったな……」

「事実ですから」

もはや清々《すがすが》しさすら感じるが、確かに今日が初対面？　の相手だしな。仲良くなれないのは多少残念ではあるけれど、そこまで親しくもない相手に付き纏《まと》われても困るだろう。彼女には彼女なりの事情もあるんだし、人付き合いが嫌《きら》い、人と関《かか》わりたくないと本人が言うなら仕方がない。

俺自身も少し前までは似た理由で森に引きこもっていたんだし、無理強《むりじ》いはしないでおこう。

個人的に正面からはっきり意見を言ってくれるだけスッキリしたし。

しかしそうなると本当に困っていることなんて、せいぜい酔《よ》いつぶれたヒューズさん達

を…………あっ⁉

「すっかり忘れてた……」

「おや、困りごとが見つかりましたか？」

「ヒューズさん達への贈《おく》り物《もの》が用意できてない……式で渡《わた》すやつ。何がいいかと考えるつもりで、そのまま忘れてた」

「贈り物なら、アレらでいいのでは？　これ以上ない贈り物だと思いますが」

彼女の視線の先には、俺たちが建てた式場。そして飾《かざ》り付けられた台座に納められた3体の神像があるが……

「それはそれ、これはこれですよ。式場を建てたのは僕だけじゃなくて協力してくださった皆さんとですし、神像に至ってはお金をいただいて作ったものなので」

「これだけの物を用意すれば、別に誰も文句は言わないと思いますが……まぁあなたがそう思うのなら別に用意しても良いでしょう。しかし式で贈るものなんて大体決まっているものだと思いますが……私それなりに式も見てますし」

「ではその経験から迷惑《めいわく》にならず、結婚式の贈り物にふさわしく、できればありきたりな品でないモノってありますか？」

「そうですね…………待ってください。願い事はそれで良いんですか？　私は1回きりのつもりだと言ったはずですが」

「大丈夫《だいじょうぶ》です！　今はこれが一番困ってるんで！」

既に夜。これから用意するにしても、何か買うなら明日の早朝しか時間がない。

今から用意できる中で最良の1品が何なのか教えてほしい！

「……わかりました。まったく予想外な願い事ですが、良いでしょう。縁結びのプロとして、1000回以上の結婚を成立させた妖精としての誇《ほこ》りにかけて、今からあなたが用意でき、さらに贈っても迷惑にならず、喜ばれるであろう贈り物を教えてあげましょう」

「本当ですか!?」

「ええ、ちょっと耳を貸してください――――を作るのです」

囁《ささや》かれた言葉には耳を疑った。

「それ、式の贈り物には不向きなのでは？」

「普通ならそうですが、材料にはアレをお使いなさい。貴方《あなた》が持ち込んだ材料でしょう？最後に余っていたのも見ていましたよ」

「アレって、アレですか」

「縁起《えんぎ》担《かつ》ぎなんてものは、結局は人の受け取り方ひとつでどうとでも変わる言葉遊びのようなもの。究極的には相手に喜ばれさえすればいいのです。心配でしたら手渡《てわた》すときにこう言いなさい――」

こうして俺は、転生者の元従魔を自称する妖精から贈り物の秘策を授かった。

いきなり願い事を要求されたのには戸惑いもしたが、おかげで大切なことを思い出させてくれたので良しとして……それよりも早く作業に移らなくては。単純なものならともかく、それなりに自信をもって出せるものをと考えたら無駄《むだ》にできる時間はない！

ちなみに潰《つぶ》れた4人は部屋に戻る途中《とちゅう》、見かけた屋敷の人に回収をお願いした。

5章31話　結婚式（前編）

翌日

「おい！　新郎新婦の準備はいいか!?」

「準備できてます！　いつでも入場可能！」

「フラワーシャワー用の花袋が足りません！」

「昨日置き場を移していたはずよ！　確認して！」

「料理の配膳《はいぜん》8割完了《かんりょう》！」

「午前の参列者、ほぼ全員集まっています！」

「あと20分もないぞ！　急げ！」

屋敷は朝から慌《あわただ》しかったが、式の直前になると最後の準備でひときわ騒《さわ》がしさを増す。

そんな屋敷の喧騒《けんそう》を横目に、俺はスーツに身を包み結婚式場へと向かう。

運の良いことに今日の天気は快晴。今の時季にしては暖かな日差しを受けながら、林の小道を抜けていくと、皆で協力して作り上げた式場に大勢の人が集まっているのが見えてくる。さらに近づくと魔力を感じ、続いて気温の変化を感じた。

式当日は外でのパーティーにともなう寒さの緩和《かんわ》、そして天候の変化による雨などを防ぐため、有志の方々により雨除《あまよ》けや冷気除《よ》けの結界が張られると聞いていたので、そのおかげだろう。

しかし有志の方々も公爵家の警備兵。もっと言うと公爵家の守りを固める専属の結界魔《ま》法使《ほうつか》い達なので、その腕前《うでまえ》は一流か超一流《ちょういちりゅう》。そんな方々が協力したそうで、必然的に張られる結界もレベルが高く広範囲《こうはんい》をカバーできる代物《しろもの》になっている。俺も結界魔法は使えるが、こうして見ると個人で張る結界とは強度も規模も違うのが良くわかる。

「予定時刻の10分前です！」

おっと、魔法を見ている場合じゃなかった。

行きかう人々の間を抜けて、結婚式のステージの上へ。

「リョウマ君！」

「良かった、間に合ったのね」

「遅《おそ》いから何かあったのかと思いやしたぜ」

「お待たせしました」

先に壇上《だんじょう》にいたのは昨日一緒に飲んだカミルさん、ジルさん、ゼフさんの３人。

そして公爵夫妻とメイド長のアローネさんと料理長のバッツさん。

それぞれ４人がステージに上り、新郎新婦の家族役として左右から式を見守るのだ。

……尤も、俺《おれ》も新郎側の家族役というのは今朝聞いて驚いた。

礼服として使えるスーツがあってよかった……あとやっぱりクリーナースライム便利。

「む……どうやら始まるらしいな」

ジルさんが呟《つぶや》き、その視線の先にあった鐘楼《しょうろう》の鐘《かね》が一度、大きく鳴《な》り響《ひび》いた。

それによって広場に集まった人々が静まり、左右にわかれてステージまでの道を空ける。

さらにもう一度鐘が鳴り響く。

今度は林から白い衣《ころも》に身を包んだ高齢《こうれい》そうな男性が、杖《つえ》をつきゆっくり歩いてきた。

彼は現在この屋敷《やしき》で最も高齢な方であり、今日の式の神父様役だ。

この世界の結婚は〝神々が認めるもの〟とされ、新郎新婦が第三者立ち会いの下、真摯《しんし》な気持ちで神々に誓《ちか》うことで成立する。またこの時に立ち会う者はかならずしも聖職者である必要はなく、時と場合によって村長であったり、鍛冶《かじ》場の親方であったり。高齢者や集団のまとめ役など、一般人《いっぱんじん》の中である程度地位のある者が務めることも多い。

そして今回神父様役に選ばれたあの方は、聞くところによるとエルフでなんと御歳《おんとし》１９８歳《さい》。公爵家お抱《かか》えの薬学の技師であり、長命故《ゆえ》に薬学に限らず様々な学問に精通しているらしく、色々な部署で顧問《こもん》という立ち位置にいる方だそうだ。

そんな彼が転んだ時に支える役の人を1人伴《ともな》って、ステージに上る。

前を通《とお》り抜《ぬ》ける際に会釈《えしやく》を交《か》わし、中央に到達《とうたつ》。

そして2人が新郎《しんろう》新婦のステータスボードを提出すると、

「これより……新郎ヒューズと新婦ルルネーゼの結婚式《けつこんしき》を執《と》り行《おこな》う」

大きくはないが低くよく通る声で結婚式の開始が宣言された。

「新郎新婦……皆の祝福を受けてこちらへ」

まずは新郎新婦の入場である。

「ぶっ……！　くくっ、何だアレは」

「ヒューズさんガチガチに緊張《きんちよう》してますね」

「明らかに動きが固いですもんね」

「観客も気づいて笑ってやすぜ」

大勢の拍手《はくしゆ》とフラワーシャワーの中、先に出てきた新郎のヒューズさん。彼はこれまで見たこともない、きっちりしたタキシードのような服に身を包み、1人でステージの前まで歩いているが……錆《さ》びついたロボットのように見えてしまう。

もしかしてヒューズさん、本番に弱い？

そんな疑いを抱《いだ》いている間に、彼《かれ》はステージの前で立ち止まり後ろを向く。

このタイミングで林から現れたのは新婦のルルネーゼさん。

純白のウェディングドレスの端《はし》をひらひらと風になびかせ、一歩一歩。

こちらも緊張した面持《おもも》ちで、まっすぐに自らの夫となる男性のもとへ歩いていく。

そして2人は共に手を取り合い、腕を組んだ状態でステージの階段を登ってくる。

「うっ……」

「っ…………」

鼻をすする音が聞こえて見てみれば、アローネさんが泣きはじめ、バッツさんが支えるように立ちながら彼自身も涙《なみだ》をこらえているようだ。

「はるか昔、この世には何も存在しない〝無〟であったとされる……神々は〝無〟の中に〝有〟を、天と地を、太陽と月を、光と闇《やみ》を作りたもうた」

この世界の人なら誰《だれ》しも一度は聞いたことがあるだろう。

教会に伝わるこの世界の成り立ちの説話が朗々と語られ、終わると式は佳境《かきよう》に入る。

「――新郎ヒューズ、汝《なんじ》は新婦ルルネーゼを妻とし、健《すこ》やかなるときも、病《や》めるときも、喜びのときも、悲しみのときも、富めるときも、貧しいときも、これを愛し、敬い、慰《なぐさ》め合《あ》い、共に助け合い、その命ある限り真心を尽くすことを……神々の御前《みまえ》にて誓うかね？」

「誓います」

「――新婦ルルネーゼ、汝は新郎ヒューズを夫とし、健やかなるときも、病めるときも、喜びのときも、悲しみのときも、富めるときも、貧しいときも、これを愛し、敬い、慰め合い、共に助け合い、その命ある限り真心を尽くすことを……神々の御前にて誓うかね？」

「はい。誓います」

「よろしい。2人の誓いはこのアラフラールが確かに聞き届けた。そして新たに生まれた1組の夫婦《ふうふ》へ、神々も許しを――」

……？　どうしたんだろうか？　神父様役のアラフラール氏が硬直《こうちょく》する。

式の手順通りなら、この時点で2人のステータスボードの称号欄《しょうごうらん》に〝既婚者《きこんしゃ》〟と相手の名前が入った〝～の夫〟や〝～の妻〟という称号《しょうごう》が増えているはず。これが2人の結婚《けっこん》を神々が認めた証《あかし》となり、確認が取れた時点で結婚が成立したと宣言される、はずなんだけど……

1秒、2秒と時間が経過していくが、アラフラール氏は固まったまま動かない。

いや、厳密には視線だけを動かして2人のステータスボードを凝視《ぎょうし》している。

……なんだか嫌《いや》な予感がしてきた。

「どうしたんですかね？」

「まさか称号が出てないとか？　神々が認めなかったなんてことは」

「バカな。確かに結婚式で現れた称号により結婚詐欺師《けっこんさぎし》が捕まったこともあったらしいが、そんなことは稀《まれ》な。いや、そもそもあのヒューズに限ってそんなことが」

ジルさんが滅茶苦茶動揺《めちゃくちゃどうよう》している……

本当に称号が出なかったのか？　出たらマズイ称号が出てしまったのか？

アラフラール氏が何度もステータスボードを凝視しているなら、後者か？

単純に老眼で文字が見えにくい、とかではないよな？

頼《たの》むから何か言ってもらいたい！

「……………………………むっ？」

俺の願いが通じたのか、それとも時間がざわめく参列者の声が届いたのか。何にしてもようやくアラフラール氏が顔をあげて、今の状況に気づいたようだ。

「うむっ、失礼……ああ……皆《みな》、安心してもらいたい。２人の結婚は神々に認められた！」

その一言で式場全体に安堵《あんど》の空気が広がるが、そうなると彼は一体何を凝視していたのか？

「と、同時に！」

ん？

「2人はそれぞれ3柱の神々から祝福を授かった。これは私の長い人生の中でも極《きわ》めて珍《めずら》しい出来事だ。今日の誓いを忘れず、神々に感謝し、これから2人で良い家庭を築けるよう、私は心から願っている」

自分が固まっていた理由を一言で説明し、そのまま式の進行へと軌道《きどう》修正を図《はか》るアラフラール氏。

しかし、その進行についていけたのは諸事情により神々に対して慣れている俺だけのようだ。

このタイミングで3柱ってことは像を作ったクフォとルルティア、それにウィリエリス様だろうか？

「……誰だとしても、見てて何かしてくれたな……」

思考停止から徐々《じょじょ》に歓喜《かんき》、そして狂喜乱舞《きょうきらんぶ》へと変わっていく参列者達《たち》。

そんな彼らが力の限り叫《さけ》ぶ祝福の言葉に、新郎新婦の2人は戸惑いつつ抱き合っていた。

これはこの後の、ある意味式の本番と言っても良い披露宴《ひろうえん》が大変なことになりそうだ。

いや、間違《まちが》いなくそうなるだろう。

「おい、信じられるか？　神様が俺らを祝福してくれたってよ」

「ええ……あなたを選んで正解だったんですね。きっと」

肝心の2人は目を潤《うる》ませて、今にも泣きそうなほど喜んでいる。
思いがけないサプライズだが、きっとこれ以上ないほど記憶に残る式になっただろう。
心の底から良かったと思う。
しかしこの後が若干《じゃっかん》怖《こわ》くなってきたのは、気のせいであってほしい。

5章32話　結婚式（後編）

「大変な目に……」

　爆弾《ばくだん》発言により会場中が沸《わ》き立《た》った後、式の前半は無事？　に終了《しゅうりょう》。新郎新婦やその家族役の皆さんと共にステージから下り、そのまま宴《うたげ》の時間へと突入《とつにゅう》したのだが……そこで俺は集まる人の波に飲まれた。

　うっかり気を抜いていて、気づけば猛禽類《もうきんるい》に捕まって連れ去られる獲物《えもの》のように、新郎新婦から離れた位置へ。それだけかと思いきや、今度は同じく新郎新婦に近づけなかった参列者の皆様《みなさま》が集まってきた。しかも新郎新婦に神々の祝福があったということで、誰も彼もがハイテンション。

　彼らは喜びで頭が一杯《いっぱい》だったようで、新郎新婦の相性《あいしょう》はもちろんのこと、ドレスや飾り付けの出来栄《できば》えから料理の味にいたるまで、何が神々のお気に召《め》したのかと大騒《おおさわ》ぎ。俺も神像を作り、ステージの建築を指揮したということでしばらく捕まり賞賛を受け、なんだか疲《つか》れてしまった。

……今となっては俺も神々を信じているが、元日本人でもあるので、そのあたりの信仰《しんこう》のあり方については正直、温度差を感じたな……と、それはともかく、

「おかげで助かりました」

「この程度なら礼には及《およ》びません。料理を取りにきたついでですから」

おそらく本当に〝ついで〟なのだろう。

俺を集まった人の中から助けてくれた、自称・縁結び妖精のユイさん。

彼女《かのじょ》は熟練ウェイトレスのごとく、山盛りに料理を盛り付けた皿を両手と両腕《りょううで》の上、さらに頭の上にまで乗せて一度に5枚も運んでいる。

そして不思議とその場だけ、ぽっかりと人のいなくなったテーブルに皿を置いて、席に座《すわ》るとモリモリ料理を食べ始めた。周囲に人はいるが、こちらはまったく気にされていない。きっと彼女の力なのだろう。よく集中してみると、隠蔽《いんぺい》の結界に似た気配がする。

……ただしあるとわかっていなければ気づくのも難しそうなほど薄《うす》い……

「騒ぎがある程度収まるまで、あなたも座ったらいかがですか？」

「では失礼して」

正面の席に座らせてもらう。

「やはり今回のように、新郎新婦が神々から祝福をいただくのは珍しいことなのですか？」

「珍しく光栄なことですが、運が良ければありますね。私が結婚までサポートしたカップルにも何組かいますし、前回は30年ほど前でした。ただ、私が関わったカップルが世界の全てではありませんから、どれくらいの確率かは……それよりも問題は祝福の数でしょう」

「やっぱり今回は普通《ふつう》より多いと？」

「私が知る限り神々の祝福はないのが普通で、あっても1柱の祝福。それがあの2人は……先ほどそっと近寄って聞いてみたら、双方《そうほう》にルルティア様の祝福。新郎にはクフォ様とテクン様、新婦にはウィリエリス様とガイン様の祝福。合わせたら3柱どころか5柱から祝福を貰《もら》っていましたよ」

俺が転移者だと知っている彼女は当たり前だとは言わず、丁寧《ていねい》に説明してくれるが……アラフラール氏の言っていた〝3柱ずつ〟って、神像の3柱だけじゃなかったのかよ⁉

「……その表情、まさかあなたが何かしたのですか？」

「直接何かしたわけではありませんが、少々ここまでなった原因に心当たりが。……先輩転移者の従魔であるユイさんを信じて話します。

僕《ぼく》は神託《しんたく》スキルを得て神々と話をする機会があったので知っているのですが、神々は転移者の様子を見ている時があるんです。単純に異世界の人間が生活に順応できているか見守ったり、その人の何かが興味を引いたからだったり、自分たちが与えた力を悪用し始め

子を見ていた神々が結婚式の様子も見ていたと」

「なるほど。その話し方からして、今のあなたも観察対象なのですね。そしてあなたの様子を見ていた神々が結婚式の様子も見ていたと」

「おそらく」

あとテクンがいるならほぼ間違いなく神界で飲んでるだろうし、クフォとガインも割と軽いノリで祝福与えそうな気がする……というかそもそも加護とか祝福って人間がありがたがってるだけで、神々にとってはそこまで重い意味はないみたいだし。

「随分《ずいぶん》親しげな語り方をしますね」

「教会を訪ねる度に話をするので」

「……それは普通の人、特に聖職者の方には言わないほうがいいですよ。神託は聖職者が長い修行《しゅぎょう》の末、ごくまれに短いお言葉をいただけるものだそうです。嘘ととられれば顰《ひん》蹙《しゅく》を買うでしょうし、信じられたら信じられたで羨《うらや》まれるどころじゃありません」

「こんなこと普通の相手には話しませんよ。ですのでユイさんも秘密にしていただけると嬉《うれ》しいです」

正確には会って話して一緒《いっしょ》に飲んだりもしてるんだけどね！

……飲むといえば、目の前では自称・縁結び妖精《ようせい》が宴の料理を飲み食いしているけれど、話している間に大きな皿がもう2つ空いている。彼女はずいぶん健啖家《けんたんか》らしい。

「……もしかして分けて欲《ほ》しいのですか？」

「いえ、よく食べるなーと。決して悪い意味ではなく。妖精ってそんなに食べるイメージがなかったもので」

「まぁ普通の妖精はそもそも小柄《こがら》ですしね」

「そういえばユイさんはどう見ても普通の人に見えますね。変化とかそういう類《たぐい》ですか」

「地球人は察しがいいですね。私はシホとあなたしか知りませんが……私も本当はもう少し小さいのですが、多少の違和感《いわかん》は力でごまかせますし、人に混ざるならこの姿の方が何かと都合が良いのです。燃費は悪いですけど」

「なるほど。ちなみに何がお好きですか？」

「私はここでの生活が長いので、調理されたもの以外はあまり食べなくなりました。自然の中で生活しているとどうしても手に入るものが限られますから、やはり木の実や果物、わかりやすい花の蜜《みつ》や蜂《はち》の蜜に目が向きやすいですね。たまに変わったものを好む子もいますが、そのあたりは人と同じで好みです。

そもそも妖精は自然に満ちる魔力《まりょく》があれば食事をせずに生きていけるので、魔力以外は全て嗜好品《しこうひん》のような感覚ですね。もちろんエネルギーにはできますが」

「妖精さんからするとそういうものなんですね」

「ええ。……ところで昨日話した贈り物は完成しましたか?」

「はい。少々苦労はしましたが、おかげさまでなんとか納得《なっとく》できるものが完成しました」

「それは良うございました。せっかく教えたアイデアも、品物がなくては意味がありませんからね」

そんな話をしていると、

「リョウマくーん?」

「どこ行っちゃったのかしら……」

後ろからラインハルトさんと奥様《おくさま》の声が聞こえた。

視線を向けると、人の間を見て回っている2人の姿。

どうやら俺を探しているらしい。

「ユイさん。僕を探しているようなので行きますね」

「ええ、あの2人と一緒にいれば、流石《さすが》に捕まることはないでしょう」

「ありがとうございました」

「贈り物が喜ばれる瞬間《しゅんかん》を楽しみにしていますよ」

そして俺はユイさんと別れ、公爵《こうしゃく》夫妻と合流。聞けば彼らもまだ贈り物を渡していないということで、贈り物をアイテムボックスから出して、一緒に人の列に並ぶことにする。

尤も先に並んでいた使用人の方々がどうぞどうぞと先を勧《すす》めてくるので待ち時間はほぼなく、先へ進んで見えたのは丁度料理長のバッツさんがルルネーゼさんへ、箱と小皿に乗ったケーキを手渡すところだった。

「これは……懐《なつ》かしいですね」

「私が見習いの頃《ころ》に作ったラモンケーキ。君は美味《おい》しい美味しいと言って食べてくれたね」

「私はあれが大好きでした。でもこれはもっと美味しくなりましたね」

「それはそうさ！　見習いの頃と料理長になった今の腕《うで》が全く同じじゃ困ってしまうよ。あの頃のものが良かったかもしれないけど、料理人としては常により良いものをと思ってね」

「バッツさんらしくて、これも大好きです。特にこの生地《きじ》のふわふわ感が」

「ああ、それはつい先日リョウマくんから新しい材料と使い方のアドバイスをもらってね。色々試《ため》してみたんだ」

2人のそんな話を聞いて、奥様がそっと聞いてくる。

「リョウマ君、アドバイスをしたの？」

「ちょっとした雑談くらいのつもりだったんですが……ほら、奥様にバスボムを作ったじゃないですか。あの材料は全部食べても安全なものでできていて、ケーキの生地をふんわりさせる使い方もあるって話したんです」

材料も余っていたから渡していたが、まさかもう使っていたとは思わなかった。

そんな話をしていると、2人は俺たちに気づいたようで、

「それじゃあ、また後で。箱の中には同じものがたっぷり入ってるから、2人で食べなさい。ヒューズ君……頼んだよ」

「ありがとうございます」

「任せてください」

短い挨拶《あいさつ》の後。贈り物は保管担当のメイドさんへ手渡され、バッツさんは見物している使用人の中に消えていく。

さて次は、

「お2人から先にどうぞ」

公爵夫妻が前に出る。

「ヒューズ、ルルネーゼ、結婚おめでとう」

「「ありがとうございます、旦那様《だんなさま》」」

「どうしたヒューズ。いつもの調子が出てないぞ」

「へへっ、さすがに今日ばかりは真面目《まじめ》にな」

「いくらお前でもさすがにそうなるか。私としては違和感の方が強いが……これを受け取ってくれ。我々からの贈り物だ」

ラインハルトさんは先ほどから高級そうな木箱を抱えていたが、ここで新郎に手渡され、すぐに開封《かいふう》される。

そして出てきたものは、

「まあっ！」

「こいつは……鎧《よろい》じゃねぇか。しかも素材は竜鱗《りゅうりん》か⁉」

「父の従魔《じゅうま》の鱗《うろこ》がちょうど生え変わる時期だったらしくてな、それを加工してもらった。ヒューズにはまだまだ当家で働いてもらうのだし、今日からはルルネーゼもいる。危険な仕事場でも生きて帰ってもらわなければ困るからね。あと出世をしたら目印も必要だろう」

「こいつは……本当にありがてぇ。この礼は働きで返させてもらうぜ」

「期待しているよ」

「ルルネーゼはヒューズを支えてやってくれ。殊勝《しゅしょう》なことを言っているが、こいつは昔から本当に抜けたところもあるからね」

「かしこまりました。私の全力で夫の補佐《ほさ》、そしてメイドの仕事を両立いたします」

「ふふっ。ルルネーゼなら大丈夫よ。このお屋敷に来た時から、ずっとあなたに助けられている私が保証するわ。これからもよろしくね」

4人は等しく目を潤ませ、自然と拍手が巻き起こる。

しかし長々とした会話は控《ひか》えて、公爵夫妻が次の俺に場所を空けてくれた。

「ヒューズさん。ルルネーゼさん。ご結婚おめでとうございます」

「ありがとうございます。リョウマ様」

「リョウマには今回も色々と世話になった。それだけでもありがてぇんだが……」

「これは僕の気持ちですから」

アイテムボックスから出していた木箱をヒューズさんへ。

そして例によってその場で開封され、その中身が露《あらわ》になる。

「まぁ！」

「こいつは綺麗《きれい》だな！　ガラスか？」

ヒューズさんが素直《すなお》な一言とともに取り出したのは、透明《とうめい》感のある赤と青の本体に、白線による装飾《そうしょく》が刻まれた〝江戸《えど》切子風〟のグラス。それを目にした周囲は少しだけ静かになり、反応は概《おおむ》ね2つにわかれた。

1つは単純にグラスに興味を持った方々。

こちらは気づけば宴に混ざっていたセルジュさんとピオロさん。

その他おそらくあまりゲン担《かつ》ぎを気にしない人が少し。

そしてもう1つは大多数。お歳を召した方を中心にだろうか？

綺麗だけれど……と一言言いたそうな顔をしている人々。

……この反応は当然である。なにせ通常、グラスは〝割れ物〟。結婚式という席で切る・割れるなど〝別れ〟をイメージさせる言葉や物は地球と同じで、この世界でも避《さ》けられる傾向《けいこう》にある。

尤《もっと》もそれは想定していたことなので、早速《さっそく》用意していたもう一つのグラスをアイテムボックスから取り出す。

「ヒューズさん。ルルネーゼさん。これを見てください」

「？　それはこのグラスと同じものですか？」

「ちょっと形がいびつじゃねえか」

「その通り。お2人の手元にあるものの前に、練習で作った失敗作なんですが……いいですか？　これを、こうします！」

俺は声を出すと同時に、手に持っていた失敗作のグラスを地面へ。ブロックで舗《ほ》装《そう》された固い地面へと叩《たた》きつける。

するとグラスは軽い音を立て、割れずに数回跳《は》ねた後コロコロと近くのメイドさんの足《あし》下《もと》へ向かっていく。

「すみません。拾っていただけますか？」

「あ、はい！」

拾ってくれたメイドさんにお礼を言ってグラスを受け取る。

少し傷はついたものの、ちゃんと元の形を保っている。

「実はこれ、ガラスに見えるけどガラスじゃないんです」

ガラスに〝見える〟だけで、本当はスティッキースライムの濃縮硬化液《のうしゅくこうか》板をコップの形に加工したもの。言ってしまえば強化プラスチック製のコップのようなもの。

昨夜、ユイさんが提案した秘策。それは〝割れ物〟がダメなら、〝割れないもの〟で贈り物を作れという話。俺が濃縮硬化液板に色をつけて作成していたステンドグラスもどきを見て、思いついたそうだ。

さらに彼女に教えられたようにこう続けた。

「材質はこれもそちらの2つも同じなので、非常に〝割れにくい〟ものになっています。しかし残念ながら、人の手で作れるもので未来永劫《みらいえいごう》、不変のものというのは難しい。それもあくまで〝割れにくい〟だけ。わざと乱暴に扱《あつか》う。あるいは捨ててしまえば、しばらくは形を保っていてもやがて崩《くず》れてしまうでしょう。

しかし大事に使い続けていただければ、その輝《かがや》きは一生のものになると信じています。お2人の関係も同じように、お互《たが》いを大切に、いつまでもその輝きを忘れずにいられますよう願いを込めて。お2人にこのグラスを贈らせていただきます」

『おお……』

「リョウマ……気の利《き》いた贈り物をありがとよ！」

「私たちはこの輝きを守り続けると誓います」

そう告げると2人はまた目を潤ませて、周囲も納得したように盛大な拍手が生まれる。

ほとんどはユイさんの入《い》れ知恵《ぢえ》だが、贈り物とそこに込めた思いは揺《ゆ》るがない。

2人に喜んでいただける良い贈り物ができてよかったと、俺は心から思うのであった。

■　■　■

ちなみにその後は、

「リョウマ様。先ほどのグラスですが、あれも商品にする気はありませんかな？」

「ちょい待ちぃセルジュ。食器やったらうちの商《あきな》いにも関係あるんやで？　金持ちは食い物だけでなく食器にもこだわりたがるからなあ」

「お2人とも、残念ですが、あれ作るのすごい手間なんですよ。商品にするなんてとてもとても」

江戸切子はその名の通り、江戸時代末期に江戸で始まった伝統工芸品。

それを模したあのグラスの作り方は、無色透明《むしょくとうめい》に近い濃縮硬化液板のグラスの上に、色付けした濃縮硬化液板を薄くかぶせ、その後以前開発した工作用の魔法《まほう》〝ポリッシュホイール〟をより薄い円盤状《えんばんじょう》にした新魔法〝ディスクグラインダー〟で表面に傷をつけて、下地を露出《ろしゅつ》させた線で文様を描《えが》く。

わざわざこれを作るために、より集中力が必要な新魔法まで開発して、さらに綺麗な文様を彫《ほ》るのはかなり難しく、一晩かけてあの2つを間に合わせるのがやっとだったのだ。

とても商品として大量生産はできない。

「リョウマ君、もしかして昨日寝《ね》てないのかい？」

「さっき人の波にさらわれたのって、もしかしてまた無理な働き方を……」

「……いえ、そんなことはありませんよ。ラインハルトさん、奥様。

それはそうとセルジュさん、ピオロさん。作り方は教えることができるので、誰かガラス職人を雇《やと》って委託《いたく》するならまだ考えられますが」

「ワイはそれでもええで？」

「私は先ほどのリョウマ様のお言葉も売り文句に、結婚式用の贈《おく》り物《もの》として売りたかったのですが……ガラスとなるとそれは無理そうですね」

いつものように、江戸切子もどきに興味を示した４人と話しながら。

心行くまで宴を楽しみ、そして新郎新婦を祝福した。

5章33話　後日談1・神々の様子

　華々《はなばな》しい結婚式の3日後……俺とフェイさん。そして新たに従業員に加わったオックスさんは、公爵夫妻や使用人の皆様に別れを惜《お》しまれながら、公爵家への滞在《たいざい》を終えてギムルへ帰る日を迎《むか》えた。

　しかし帰る前に、

「お疲れ～」

「見てたわよ！　良い結婚式だったわね」

「ほれ、かけつけ一杯」

「つまみは何が良いかの？」

「やっぱり飲んでたか……」

　ガウナゴにある教会から神界を訪ねてみると予想通りと言うべきか、目の前にはクフォとルルティア、そしてテクンとガインの姿。そして本来真っ白な空間には料理と酒瓶《さかびん》・酒《さか》樽《だる》が並び、盛大に酒盛りをしていた形跡《けいせき》がいたるところに残っていた……

「結婚式はとっくに終わってるのに、3日間ずっと飲み続けてたのか？」

「おや？　そんなに経《た》ったかのう？」

「私たち、時間を気にすることってあまりないから〜」

「いくら飲んでも体を壊《こわ》さないし、面白《おもしろ》いことがあると飽《あ》きるまで飲んじゃうよね！」

「うははは！　まだたった3日じゃねぇか！」

「滅茶苦茶《めちゃくちゃ》だな……ところでウィリエリス様は？」

あの2人に祝福を与《あた》えてくださったから、てっきり一緒にいると思ったけれど……

「ああ、ウィリエリスならグリンプと旅行に行ったぜ」

「グリンプ……たしか農耕の神様？」

「おう。そんでもってウィリエリスの夫だな」

「あやつらはいつまでも仲が良くてのぅ。良い結婚式だったから私たちも新婚《しんこん》気分で世界中の土地や作物の様子を見て回る、と言っておったぞ」

「もう何億回目の新婚旅行なのかわからないよね！」

「竜馬《りょうま》君のいるリフォール王国のあたりは収穫《しゅうかく》の時期だし、他所の国や大陸では今まさに作付けの季節だったりするから……今年の冬から来年にかけては、作物の生育が良くなったりするかも？　何といっても大地の女神《めがみ》と農耕の神が見回るんだからね〜」

「……」

神だとわかってはいたが、彼らの行動を人間基準で考えてはいけないと改めて感じる。

そう思いつつ受け取った杯《さかずき》の中身を飲んでいると、思い出したようにクフォが声を上げた。

「……あれ？　3日？　竜馬君がここに来たのって、ガウナゴの教会からだよね？　式が終わったら帰る予定じゃなかった？」

「その予定だったけど、クフォだけじゃなくて皆。式であの2人に祝福を与えただろ？」

「おお！　どうだ？　式が盛り上がったろ？」

テクンの言う通り、式は大いに盛り上がった。

新郎新婦も参列者の方々も、これ以上なく幸せな式だと大騒ぎ。

それはとてもありがたかったのだが……盛り上がりすぎて色々あったのだ。

1つ1つ挙げていくと……まず式の終わる予定の時間を大幅《おおはば》に超《こ》えてドンチャン騒《さわ》ぎが続いた。

それからあの式場はもともと用が済んだら取り壊す予定だったが、〝神々がかつてないほどに新郎新婦を祝福してくださった！　そんな式が行われた式場を壊すなんてとんでもない！〟という感じであの式場は壊さずに残すことが決まる。

そうなると長く保たせるために補強したほうがいいという話になり、一応式場の設営担当者として、補強も最後まで見届けさせてもらった。

あと俺《おれ》が神像を作ったのが使用人の皆さんの間に広まっていて、自分もあやかりたいという方々からの依頼《いらい》が結構来たから。

「あら、そんなことになってたの？」

「全部任せたり断っても良かったんだけど、皆さん好意的だったからね。

それに神像の量産は土魔法の練習にもなったし、式場の補強では鉱山なんかで坑道《こうどう》を補強する魔法を教えてもらえた。何より式の進行をしていたアラフラール氏と製薬に関する話をさせてもらったし、アドバイスもいただけた。滞在は延びたけど実りもあったよ」

「それはよかったのう」

あ、そうだ。神像作りといえば聞きたいことがあったんだ。

〝神像職人〟

「気づいたらこんな称号がステータスボードに増えてたんだけど、何これ」

「ああ、そいつは読んで字の如く、俺達《おれたち》が竜馬を〝神像職人〟として認めた結果だな」

「一般《いっぱん》に流通しとるわしらの像はほら、あれじゃよ。日本で言うところの〝同人誌〟」

「……すごいたとえが出てきたな」

「竜馬君は僕らとこうして会って話して、見た通りに像を作ってくれるでしょ？　それって普通の人にはできないから、どうしても普通の職人は過去の言い伝えや想像で補うしかない。だから人にとってどんなに立派な像でも、僕らから見るとイマイチな像になりやすいんだよ」

「昔はもっと私達と人類の距離《きょり》が近かったから、明確に姿を見たり、感じたりできる人も多かったんだけどね……場所によっては性別すら変わるし、男でも女でも、そもそも人型ですらなくなってたりもするの！」

「もはや別の宗教で別の神扱いされてたりもする。仕方ないっちゃ仕方ないが、こいつは全然違《ちが》うだろ！　って作品があまりにも多いんだよ」

「正直神にとって性別は曖昧《あいまい》じゃし、やろうと思えば姿を変えることもできるが、今が一番自然で楽な状態なんじゃ。じゃからわざわざ違った姿に寄せる意味もない。あとは……神の力でどうにかすることはできるが、神の力は影響力《えいきょうりょく》が強すぎる。みだりに使えば世界を荒《あ》らすことになりかねん。そんな危険を抱《かか》えてまでどうにかするほどのことでもないしのぅ……」

「なるほどなぁ……」

神様にも悩《なや》みはあるんだな……

「神像職人については納得した。それでこれの称号は他人にバレたらヤバイ感じ？」

「竜馬の性格を考えると、隠《かく》したほうがいいだろうな。職人系の称号は俺達が対象の仕事を一定以上に評価したら与えられるから、たまーに出る。で、そうなると色々な所から勧《かん》誘《ゆう》がくる。貴族もそうだが、教会もな」

「職人系の称号があれば、何かが神に認められた職人ってわかるから。それが大工さんとか建築関係なら教会や関連施設《しせつ》を建てるために働いてほしいと勧誘されるとか。粗略《そりやく》に扱われることはないけど、囲い込んでおきたいと教会関係者は思うだろうね。普通の人にとっては出世のチャンスでもあるんだけど。

まぁまともな聖職者なら強引《ごういん》なやり方は避けるだろうし、断ることができないわけじゃないよ。それに変な奴《やつ》に目をつけられたとしても、竜馬君は公爵家の後《うし》ろ盾《だて》もあるから大《だい》丈夫《じょうぶ》だと思うけどね」

「元々吹聴《ふいちょう》する気はなかったけど、気をつけておくよ」

「それが無難だと思うわ。さっきテクンは職人系の称号はたまに出ると言ったけど、〝神像職人〟に限って言えば、さっき話した理由で長いこと所持者がいないはずだから〜」

ルルティアはほろ酔《よ》い気分なのか、のほほんと口にしたが、俺はそれを聞いて称号への警戒《けいかい》を強めた。

「上手《うま》く使えば教会という組織との交渉《こうしょう》材料にもなるじゃろう。そんな機会があればの話じゃが、称号《しょうごう》は隠してないものと思っておけば、そうそう他人に知られることもなかろう。あまり気にするでない」

「だな。人間生きてりゃ称号の1つや2つ、誰《だれ》でも手に入れるもんだ」

ガインとテクンのフォローを受けて、気にしないことにしようと決める。

しかし、称号というのはそんなに手に入りやすいものなのだろうか？

なんだか話を聞いていると、彼《かれ》らが与えようと思っていないのに与えられている物もあるようだ。

気になるので聞いてみると、

「その通りだよ。人に与えられる称号には2種類あって、片方は僕らが直接与える称号」

「そしてもう片方は、我々が事前に設定した条件を満たすと自動的に与えられる称号。地球的に言えば、ＳＮＳのＢｏｔじゃの」

「Ｂｏｔとはまた現代的なたとえを……」

「実際そんなものじゃよ。自動で与えられる称号は普遍的《ふへんてき》なものが多くてのぅ……ほれ、結婚式《けっこんしき》では新郎《しんろう》新婦のステータスボードに夫と妻という称号が増えるじゃろ？　それを世界規模でやると、1日だけでもとんでもない人数になる。いくら我々が神とはいえ、1人

1人に直接与えていては捌《さば》ききれんよ」

「実際に昔は私が1人1人与えていたけど、それだと遅《おく》れや漏《も》れが出て〝神様が認めてくださらなかった!! この2人は夫婦《ふうふ》になってはいけない!!〟と無理やり別れさせられる、なんて悲しいこともあったわ……」

「なるほど……」

「技巧《ぎこう》神の俺としては、神の力でやってることを人間が、それも道具として普及《ふきゅう》させて万人《ばんにん》が日常的に使ってる地球と地球人の方が驚《おどろ》きだがな」

急にテンションの落ち込んだルルティアの杯に、そっと追加の酒を注ぐ。

そしてテクンは珍しく真剣《しんけん》な声と瞳《ひとみ》で呟《つぶや》いた。どうやら地球の技術に興味があるようだ。

それはそうとして、気になることはまだまだある。

「そういえばこっちで結婚《けっこん》は〝神々が認めるもの〟らしいけど、問題はないの？ 日本では役所に届けることで結婚が成立するから、よくわからなくて」

特にヒューズさんとルルネーゼさんはそれぞれ3柱の神々の祝福を受けているから、心配だ。

「大丈夫でしょ。こっちは昔からそういうものだから、特に問題ないと思うけど？」

「悲しい話だけど、結婚後に諍《いさか》いを起こして離婚《りこん》することもあるでしょう？ そういうときに信仰の問題で、破門にされたりとか」

「ああ、そういうのはないわ。結婚と同じように離婚も許すし、よく言うでしょ？〝悔《く》い改《あらた》めよ〟って」

「ダメになってしまったものは残念じゃが仕方ない。自分の悪かったところを反省し、次に活《い》かしなさい、さすれば神への背信にはならん、ということになっておる。我々が間に入ることによって、丸く収まることもあるしのぅ」

「貴族だと離婚は関《かか》わった色々な人の面子《メンツ》を潰《つぶ》したりもするし、基本的に別居とかで誤魔《ごま》化《か》し続けることが多いけどね。一般的《いっぱんてき》な家庭ならそこまで地球と変わらないと思うよ」

「そうなのか……」

なら、あまり心配せずに心から祝おう。

「ならもう一度乾杯《かんぱい》ー！」

「おっしゃあ！　酒は樽《たる》で追加だ！」

「いぇーい！」

「レッツ、パーティー！　じゃな！」

「テンション高っ！　ってか、ガインは何だその地球のイケイケな若者の感じ……同人誌とかＢｏｔとかもそうだけど、地球、というか日本の文化に馴染《なじ》みまくってないか？」

「そうかの？　自分ではわからんが……同人誌やＢｏｔについては〝ともちん〟のことを見ておったら自然に覚えてしまった」

ともちん？　誰だそれ？

「なんじゃと⁉　元地球の日本人なのに、ともちんを知らんのか⁉　今をときめくアイドルの鋤屋《すきや》ともこちゃんじゃぞ⁉　本来は地味目の純朴《じゅんぼく》な大人しい子で、漫画《まんが》や絵が好きで趣味《しゅみ》。同じ趣味を持つアイドルの友達《ともだち》と共同で同人誌を描いていたこともあるが、最近は成人したことをきっかけに事務所の方針で垢抜《あかぬ》けた大人の女性キャラを押《お》し付《つ》けられ、趣《しゅ》味漫画《みまんが》や同人誌を卒業したことにされ趣味がほぼ全面禁止！　さらにはファンの総数は増えたものの下積み時代を支えてくれた既存《きそん》のファンが減っていることに心を痛めている、ストレスが心配な20歳《さい》の女の子じゃよ⁉」

「し、知らない……」

ガインの熱弁を聞いてみるが、結局わかったのは俺が死ぬ前から存在する超有名《ちょうゆうめい》な大人数アイドルグループに所属していることだけだった……それにしても、以前クフォからガインがアイドルにはまったと聞いてはいたけど、思った以上にガチだったようだ。

「まさか、元日本人の竜馬君が知らんとは……」

「俺もまさか、それでガインがそこまで気を落とすとは……部下だった田淵《たぶち》なら、あいつ

鋤屋《スキや》

は俺より幅広《はばひろ》いオタク系だったから知ってたかもしれないけど、俺はアイドルとか芸能人全般《ぜんぱん》に興味なかったし……というか前世はそこまで人そのものに興味もなかった気がするしな……」

「お前はお前でサラッと寂《さび》しいな」

テクンが呆《あき》れたように言ってくるが、事実である。

そうでなければこっちに来てから森に3年も引きこもらないだろう。

それに少なくとも地球とこちらでは、確実にこちらのほうが日々の人付き合いが濃密《のうみつ》だ。

しかもそれを今は楽しめている。俺もいつの間にか変わったものだ。

「知り合いもどんどん増えて、交流する範囲《はんい》もどんどん広がって。……人間の枠《わく》すら超えて神々とも交流して。何よりまだ森から出て1年経ってない。森を出てからの今日までと比べたら森での3年間なんて一瞬《いっしゅん》だし、森を出てからのほうがはるかに長い時間を過ごしたように感じるよ」

これがネット小説なら、話の展開が遅《おそ》いと感想が送られてくるレベルだろう。

それだけこの世界の、今の生活と人間関係が濃密な証拠《しょうこ》だと思う。

「ほーう……じゃそんな竜馬に質問だ。人との付き合いが多くなって、そろそろ良いなと思う女とかいねぇのか？」

「あら！　そういえばそうね！」

「いやいや、そういうのはまだまだ」

そんな風に話が時にあらぬ方へと逸《そ》れたりもしたが……

神々の宴会《えんかい》に混ざり、時間が来るまで盛大に結婚した2人を祝った！

5章34話 後日談2・ギムルの変化と反省

「ここが主殿《あるじどの》の店がある街か」

神界を後にした俺はフェイさん、そして新たに仲間に加わったオックスさんと共に、ギムルの街へと帰還《きかん》した。道中は空間魔法と俺達3人、普通《ふつう》以上の体力をもってゴリ押しした結果、2日という短時間でガウナゴからここまで到達《とうたつ》できた。

しかし、

「そうなんですが……なんだかいつもと街の雰囲気《ふんいき》が違いますね。荒々《あらあら》しいというか、通りに人がいつもより多い？」

「それだけ違うネ。少しだけ荒れた空気、あるヨ。たぶん、外のアレが原因」

フェイさんはちらりと、たった今通《とお》り抜《ぬ》けた門の外を見る。

そこには新しく建設されている街の工事が着々と進んでいる様子が見受けられた。

「人の出入りが激しくなる、街の治安は悪くなりやすいネ」

「いつもはもう少し落ち着いた街なのだな。私としては少し懐かしいが」

「オックスさんのいた街はもっと騒がしかったんでしょうね」

何と言っても彼は元闘技場《とうぎじょう》の闘士《とうし》だ。

ギャンブルも盛んで大金の動く娯楽《ごらく》に富んだ街であることが予想される。

そしてこれから建設されるのもそういう街になる。治安悪化を防ぐために既存の街と分けるという話になっていたが、新しい街ができるまでは労働者を始めとして大勢の人が流入するのも仕方ないのだろう。よく見れば警備隊の方々がパトロールなど、治安維持《いじ》活動をしているのを頻繁《ひんぱん》に見かける。

「ちょっとカルムさんに話を聞いておいた方がいいですね」

「それがいいネ」

俺達はほんの少し足を早め、いつもと違う街の中を歩いていく。

■■■

そして、店に到着《とうちゃく》。

表にはお客様が並んでいたので、裏口から入りカルムさんを探す。

すると休憩室《きゅうけいしつ》でお茶を飲みながらも険しい顔で何かの書類を読んでいるようだ。

休憩中《きゅうけい》、には思えない。

「カルムさん」

「っ！　ああ、店長。お帰りなさいませ。フェイさんもお疲《つか》れ様《さま》でした」

書類に集中して気づかなかった様子。それにだいぶ疲れているな。

「そちらの方は……？」

「紹介《しょうかい》が遅れました。こちらはオックス・ロード氏。元剣闘士であり、レベル５の双剣使《そうけん》いです。新しく雇用《こよう》、もとい奴隷《どれい》として購入《こうにゅう》しました」

「それは頼《たよ》りになりそうな方ですね」

と言いつつその目が一瞬だけ、オックスさんの失われた左手に向いたのを俺達は見逃《みのが》さなかった。

「このような姿だが、主殿には新たな腕を貰《もら》ったも同然。必ずや力になってみせよう」

「大丈夫。実力は私も確認《かくにん》しました。心配ないネ」

「新たな腕、というのはよくわかりませんが、フェイさんが認めているなら大丈夫なのでしょう。失礼を致《いた》しました。これからよろしくお願いします」

……大丈夫そうでよかった。

さて、紹介も終わったことだし、

「フェイさん、道中の護衛ありがとうございました。オックスさんを寮《りょう》に案内して、ここでの生活の説明をお願いします。あとは体を休めてください」

「わかりました」

「オックスさんの部屋は……」

「用意してあります。部屋の前に名前を記入した札がかかっているので、それを目印に」

「ということです。オックスさんも急ぎの旅だったので、十分に体を休めてください」

「承知した」

「では御2人とも、お疲れ様でした」

そしてカルムさんと執務室《しつむしつ》へ移動し……

「難しい顔をされていましたが、僕達《ぼくたち》がガウナゴの街に行ってる間に何かありましたか？」

「そうですね……もうお気づきかと思いますが、労働者の大量流入によって街の治安が少々悪くなっていまして、商業ギルドも注意を促《うなが》しています。

さらに信頼《しんらい》できる情報屋から買った情報によりますと、現在確認されている労働者を取りまとめる団体のいくつかに、ヤクザ者が関与《かんよ》している疑いが濃厚《のうこう》で、治安悪化を促進《そくしん》する要因となっているようですね」

「そうですか、ヤクザが……」

「今作られている街は将来的に闘技場が建設され、観光地になります。そこで生まれる利権は莫大《ばくだい》。それを貪《むさぼ》れるように、建設中の今から足がかりを作るつもりなのでしょう。

警備隊の皆様《みなさま》もそのような輩《やから》が潜《ひそ》んでいることはわかっているのですが、相手もその道のプロです。表向きはまったく問題のない労働者の取りまとめ役兼《けん》仕事場との繋《つな》ぎ屋として活動していますから、排除《はいじょ》もなかなか一筋縄《ひとすじなわ》ではいかないのです」

なるほど、その団体はいわゆる〝フロント企業《きぎょう》〟ってわけね……

「こちらに被害《ひがい》は？」

「現時点では態度の悪い方が常連のお客様といざこざを起こしかけた程度ですが、店の対応をうかがっているような人物も見られています。ヤクザ者に限らず手癖《てくせ》の悪い者もいるでしょうし、状況《じょうきょう》が落ち着くまでは警備を強化すべきと考えていたところでした。ロード氏は見るからに強そうですし、抑止力《よくしりょく》にもなりそうです。警備の人員が増えたのも非常に助かりますね」

なんだか彼の今の顔、昔の会社でよく見たような……真面目に頑張《がんば》り続けて疲れてるのかな？

「本当ですか？　嘘《うそ》ではないと思いますが、思ったこと全部を話してないのでは？」

「…………店長は時々妙《みょう》に鋭《するど》いですね……ロード氏の体格や歴戦の猛者《もさ》のような風貌《ふうぼう》が抑

止力になる。そう考えたのは本当ですが、左手を失っていることで軽く見られる可能性もあるとも思いました。実際に私は初めて彼を見て強そうだとは思いつつも、そこに少々不安を抱《いだ》きましたから」

「確かに左手はないですけれども、一度戦っているところを見てもらえればすぐ安心できるかと思います。私も書類選考の時点では微妙《びみょう》だと思っていましたし……なんでしたら皆《みな》さんの前で一度実力を見せてもらいましょうか？」

「そうですね。彼と店長が嫌《いや》でなければ、明日以降のお客様の多い時間帯にお願いできますか？」

カルムさんが言うには、その時間帯なら仕事はパートの方々も来るので余裕《よゆう》が作れる。

また、やってきたお客様にオックスさんの顔と実力を見ていただける。

新しい従業員であることと、俺達が認める彼の実力を内外に示すのが狙《ねら》いだそうだ。

あとは店に手出しをしたくなくなるような噂《うわさ》も流してよくない輩をけん制するのだと……

前々から思っていたけど、カルムさんってそういうの得意なんだなぁ。

「私と姉は双子《ふたご》ですが、交渉事や業務を取り仕切る技術。いわゆるリーダーシップにおいては姉の方が昔から優《すぐ》れていましたからね。それが悔《くや》しくて自分にできることを探して磨《みが》いた結果、情報収集や情報操作などの裏工作が得意になっていました。

もちろん私も仕事に支障をきたさないだけの経営能力はあると自負していますし、姉も同じくそれなりに情報を得て使うこともできますが」

「そのあたりは疑ってないので、これからもよろしくお願いします」

店はほとんど任せてるし、本当に頼りにしてるから。

「とりあえず目立った被害がなくて良かったですが、もし変な輩が店や従業員の誰かに何かしたらすぐ言ってくださいね。あと、もし戦力が必要な場合にも。冒険者《ぼうけんしゃ》で話を聞いてくれそうな方々に心当たりもありますし、僕《ぼく》も正直、交渉より武力行使の方が役に立てると思うので」

極力話し合いで解決してほしいけど、得意不得意は冷静に見なければならない。

あと、こだわりすぎて被害を大きくしては本末転倒《ほんまつてんとう》。被害は最小限か0に抑《おさ》えたい。

2週間もしたらマッドサラマンダーを狩《か》りにシクムへ行くが、以後は遠出は控えようかな。

少なくとも年明けまでは。

「そうだ。本来真っ先に話すべきことでしたが、公爵家《こうしゃくけ》の方々への〝挨拶《あいさつ》〟は問題ないどころか、とても良い結果で終わりましたよ」

うちの業務は病気の発生率低減に期待ができるということで、あちらからガウナゴにも支店をと言っていただけた。さらに店舗《てんぽ》用の土地と物件にも配慮《はいりょ》するし、ガウナゴには貴族も多いので、必要であれば屋敷《やしき》のメイドを何人か従業員兼礼儀《けんれいぎ》作法の指導員として派遣《はけん》しても構わないとも。

それだけでも破格の待遇《たいぐう》なのだが、滞在中に色々と話したゴミ問題と肥料の話など、公益性の高いもの（領地の利益になる内容）であればそちらも支援《しえん》してもいい……そんなことを遠まわしな感じで、しかしわりとストレートに言ってくれた。

セルジュさんやピオロさんとも、防水布の製造工場設立やキノコの栽培《さいばい》でまだまだ末永く協力をということで話がまとまったし、万々歳《ばんばんざい》だ。

心強い味方がいる。

少しでも精神的な負担を減らせれば、と思いつつ説明していたら、

「どうされました？」

いつの間にかカルムさんが何か考え込んでいた……

「公爵家の庇護《ひご》を得られたことは非常に喜ばしく、また心強い。しかしそれだけ期待されているとなると、万が一にも期待を裏切るようなことがあっては……と、少し心配になってしまいました。いけませんね、こんなことでは」

と、マイナス思考になっていた（？）彼は頭を振《ふ》って気合を入れ直した様子。

「ガウナゴに出店をと言われたのであれば、それはもはや決定事項《じこう》。店長候補の誰かをガウナゴに送るのは当然として、そのほかの従業員も早めに決めたいですね」

「あ、それについては1つ心当たりが」

アイテムボックスから1冊のパンフレットを取り出す。

「これは、モールトン奴隷商会の？」

「ええ、オックスさんを購入して帰る前にいただいた物なんですが、新事業についての説明が載《の》っていまして」

逃《に》げるように帰る直前に受け取った物だが、その内容は簡単に言うと〝人材派遣〟。客の〝人手は欲《ほ》しいが奴隷は高い〟、〝手が必要なのはほんの数ヶ月だけ〟。奴隷の〝借金で値が上がり買い手がつかない〟、〝早く借金を返して自由になりたい〟。奴隷商の〝奴隷の生活費だけでも金がかかる〟、〝能力と値段の釣《つ》り合《あ》わない奴隷がいる〟。他にも色々とある三者の細かなニーズに応《こた》えてWin-Win-Winな取引を目指すということで、オレストさんは短期間&時間給で〝奴隷の貸し出し〟を始めているらしい。

ここまで来ると奴隷とギルドを通した雇用は何が違うのか？　という俺も考えた疑問。奴隷の売り買いで利益を上げるべきだ、という同業者からの常識を語るような侮蔑《ぶべつ》。

奴隷が逃亡《とうぼう》する可能性やリスクについて、内部からも出てきた反対意見。

それら全《すべ》てを1つ1つ論破したり交渉したりしてようやく実現にこぎつけた！

という内容の手紙もパンフレットには挟《はさ》まっていたが……

それは置いておいても、この制度自体は一度利用を考えてみても良いのではないかと思う。

「オックスさんを選ぶ時、他の方も何人か面接させていただいたのですが、その方々もフェイさんから一般的な店の護衛には十分と評価されていました。オックスさんと比べたら見劣《みおと》りしてしまいましたが、この制度を利用して人材補充《ほじゅう》をするのも悪くないかもしれません。

そこに書いてあるように一時的な雇用もできますし、働きぶりが良ければそのまま購入手続きをして就職してもらうこともできるそうなので」

手紙に〝面接をした彼らとも契約《けいやく》可能ですよ！〟という一文が入っていたのを考えると、若干掌《じゃっかんてのひら》の上で転がされているような感じもするのだが……

「まだ新しいサービスの利用者はあまり多くないらしいですし、それなりの人数を雇用するなら値段や条件も相談に乗ってくれるそうです。一筋縄ではいかない相手ですが、仕事に関しては信用できるそうですから」

「わかりました。考えてみましょう」

「よろしくお願いします。あとついでにもう1点。公爵家で考えていたのですが、ガウナゴへの出店は2店舗にしてはどうかと。遠くからわざわざ来てくださる方はありがたいですが、店が遠いことで利用を敬遠することもあるでしょう。ガウナゴの街はここよりさらに規模が大きいので」

「……確かに。ここギムルでも寒くなり水仕事が辛《つら》くなってようやく、という方もいらっしゃいましたね」

「より多くの顧客《こきゃく》を獲得《かくとく》するだけでなく、個人的にせっかくなら多くの人に、便利に利用してほしいので……対策として馬車とそれを御《ぎょ》する人材を雇って、集配サービスなども考えていたのですが、馬車の値段や馬の維持費《いじひ》、誤配や馬車を狙われるリスクがどこまでかわからなかったので。それなら店舗を増やしたほうが楽かなと」

それに1つの街で集中的に複数の店舗を作ることで、市場占有率《せんゆうりつ》（市場のシェア）が高められる。いわゆる〝ドミナント戦略〟ができるかもしれない。

今でもうちに依頼してくださる方はどんどん増えているけれど、今後本格的に店を増やしていくことを考えたら、もう一歩踏《ふ》み込んで〝洗濯屋《せんたく》といえばバンブーフォレスト〟と言われるくらいに、街1つ分のお客様を独占《どくせん》できたら良いのではないだろうか？

少なくともうちにはクリーナースライムという他にない強みがある。それを最大限に活かしたい。

「そういえば以前、まだここが繁盛《はんじょう》し始めた頃《ころ》に真似《まね》して洗濯屋を始めた人たちもいましたよね？　ほとんど採算が取れなくてやめたと聞いていますが、まだ残っている人もいるのでしょうか？」

「最近はまったく聞かなくなりましたが……調べてみますか？」

「お願いします」

店の開店当初からクリーナースライムが増えすぎた場合の対処法として、洗濯屋のチェーン展開は考えていたし、真面目《まじめ》に商売をしている方なら人材や店舗をそのまま買収して支店を任せるというのも良いかもしれない。

とりあえず調べてもらって損はないはずだ。

ということで考えをまとめてお願いすると……

カルムさんからチェーン店やドミナント戦略についての説明をさらに詳《くわ》しく求められた。

かつて脱《だつ》サラを何度か夢見た身として、それなりに知っていたことを全力で説明。

……すると、カルムさんは驚いたようにこちらを見ている。

「どうしました？」

「非常に興味深い内容でしたが、それ以上に……店長が本当に本気を出してくださったのがわかりました」

どういうこと？　あと何だろう……その反応が、働き始めたニートを見たようで喜べない。

俺、カルムさん的に怠《なま》けてるように見えてたのかな？

……店は任せっきりで、仕事は報告を受けてほんの少しだけ。

否定、しきれない。

とりあえずカルムさんが目を輝《かがや》かせている。

潰れかけの新人みたいな疲れた状態の顔ではなくなったので良しとしよう。

そして彼は俺が改めて、

「では、調査など色々大変ですが、よろしくお願いします」

と声をかけると、元気な声とやる気に満ちた顔で執務室を出ていった。

……もうちょっと働こうかな……

5章35話　後日談3・わずかに成長？

ギムルに戻《もど》ってから5日後。

帰って1週間も経たないうちに、俺はレナフの街のサイオンジ商会本店を訪ねていた。

先日公爵家で取り決めた、サイオンジ商会本店でのブラッディースライムの派遣と活用……という名目の下、ブラッディーを分散管理して万が一の全滅《ぜんめつ》を防ぐ計画のため。ブラッディースライム3匹《びき》を預ける契約に来たのだ。

応接室に通されて待っていると、30秒ほどで、

「リョウマ！　待たせたな！」

勢いよく会頭のピオロさんが入ってきた。

初めてここに来たときも思ったが、まったく待っていない。

待ち構えていたのかと思うほどの対応の早さだ……

「ええ時に来てくれたな。早くて助かるけど、そっちの都合は大丈夫やったか？　そっちも店に戻ったばかりやったろ？」

「それはまったく。セルジュさんが手配してくださった方が優秀《ゆうしゅう》ですから。というか、優秀すぎるくらいで」

「？　何かあったんか？」

「話すと少し長くなりますが……」

それはギムルに帰り着いた翌日のこと。

前日に話し合った通り、俺とオックスさんは店の横の空き地で試合を行った。

しかし、俺は前日のカルムさんとのやり取りで、もう少し頑張ろうと思っていた。

オックスさんにとっては、新たな職場で初めて実力を披露《ひろう》する機会。

2人そろって張り切っていたため、はからずも試合は徐々《じょじょ》にエスカレート。

最終的に試合の余波で巻き上がった砂埃《すなぼこり》が見学していた従業員やお客様を襲《おそ》ったり、俺たちの気迫《きはく》で子供が泣いたり、お年寄りが腰《こし》を抜かしたり……ほんの少しだけ張り切りすぎて、カルムさんからやりすぎだとのお言葉を頂戴《ちょうだい》した。

「幸いお客様は常連の方が多く、砂埃の汚《よご》れは全身洗浄《せんじょう》サービスを無料提供することで快く許していただけて。あと事前に警備隊には試合をすると連絡《れんらく》してあったので大きな問題にはなりませんでしたが……」

諸々《もろもろ》の対応が終わった後、改めてカルムさんに呼ばれて話をしたところ……まず試合は少々やりすぎたが、オックスさんの実力を店の内外に知らしめることができたと伝えられ、次に前日に言われた〃本気になってくれた〃という発言は店の規模を増やすことに〃積極的になってくれた〃という意味であり、決して俺が働いていないという意味で口にしたのではないと。言葉が足りずに勘違《かんちが》いをさせて申し訳ないと謝罪をされた。

そこで俺はむしろ、勝手に勘違いをして申しわけないと答えていた。

しかし、話をしているうちにだんだんと……

店の規模拡大に積極的になったことを喜ばれたと気づく。

規模拡大のため自分にできそうなことを考える。

規模拡大の手段は支店を増やすこと。

支店を増やすために必要なものは？

人手や店舗など色々とあるが、何よりもまず〃資金〃。

より効率的に資金を蓄《たくわ》えて用意する。

その方法は？

洗濯屋の収入を増やす？

それ以外の収入源を探す？

……という具合に考えが発展し、最終的に高齢者《こうれいしゃ》や店から遠いところに住んでいる方向けの集配サービスや新しい個人経営のゴミ処理業者などを口にした時点で、会話を強制的に打ち切られた。

〝店長がいつも真面目に考えているのはわかっていますから、隙《すき》あらば仕事を増やそうとしないでください。働き過ぎです〟

「と、言われてしまいまして……」

おまけに昨日までで警備体制の見直しや緊急時《きんきゅう》の対応の打ち合わせ、あと今後のために必要な書類仕事をカルムさんは全部まとめていた。

「仕事を終わらせて次を聞いたら、〝次の外出から帰るまでは仕事がないので休んでください〟と。何かあるのではと聞いてもありませんとしか言ってくれなくて……そういうわけで、今は問題も仕事もまったくない状態なんです」

「なるほどなぁ……」

はたしてどういう気持ちで聞いているのだろうか……ピオロさんは苦笑いをしている。

「まぁ、休めるときは休んどくべきやな。それに資金は必要でも、切羽《せっぱ》詰《つ》まってはいないやろ」

「それはそうですね。水仕事が辛い季節になってお客様は増えていますし、何より最近は消臭《しょうしゅう》液の売り上げがちょっと予想以上に増えていますから」

「ああ、あれな。公爵家でも使っとったし、他の街にも広まり始めてるなら当然やなぁ」

それでいて粗悪品《そあくひん》が出回ったという話は聞かない。

消臭液の謎《なぞ》である、人の手で希釈《きしやく》できない欠点が逆に功を奏したようだ。

「正直なところ、今は洗濯よりも消臭液の売り上げの方が多いんですよ」

「ほー、そうなんや？」

「洗濯だけだと1日に小金貨数枚が限度なんですが、消臭液はだいたい倍から多い時だと2桁《けた》に届く時がありますね。特に2号店ではその傾向《けいこう》が顕著《けんちょ》です」

「それなら慌《あわ》てて資金確保に走ることもないんちゃうか？　ましてや新しい分野に手を伸《の》ばすとなると大仕事になる。カルムっちゅう子が問題にしとるのはそこやろ。仕事はしっかりこなしてるって話した直後にそれ言われたら、わかっとらんと思うのも無理ないで」

「タイミングが悪かったのは認めます……ただ僕も街に出て仕事を始め、だんだんと僕なりに働き方がわかってきたと思っていまして。例えば先日は公爵家で新しいスライムの活用法など、色々なことをお話ししましたよね？」

「話したな。確かに」

あの時のようにスライムの知識と活用法、そして新たな業務の内容を考えて提案すること。

だいたい今の洗濯屋と同じことを、スライムを活用できる各分野で行う。

これが俺《おれ》にとって、最も良い働き方なのではないだろうか？

洗濯の仕事を始める前に懸念《けねん》していたのは、
・冒険者活動などを行う自由な時間
・経営者としての経験
・お客様や部下と接するコミュニケーション能力
以上の3点。

1つめはただの欲望ともいえるが、2つめはまったくの未経験。3つめは前世の職務で苦手なりに経験もあるが、それでもなお苦手意識の残る分野。

……だけどこれらは現在1号店担当のカルムさん。2号店担当のカルラさん。セルジュさんからお借りしている頼《たの》もしい2人がいることによって解決されている。

これは優秀な人材がいれば経営の大部分、ほとんどの仕事を任せられるという証明。

実際に洗濯屋は俺がいなくても業務も従業員の人間関係も円滑《えんかつ》に回っている。

これはセルジュさんからアドバイスとして聞いてもいたが、実感してより深く理解できた。

ならばそれを踏まえて、俺にできることは？

カルムさんたちと同じことができるようになるよう努力するのも無駄《むだ》ではないはず。しかし同じことができるだけなら、有能な人材を1人見つけるほうが早いだろうと思い始めた。

ならどうするかと考えて出た結論が、〝新たな仕事を提案すること〟。

そもそも俺の本職はシステムエンジニア《SE》。簡単に言うと〝システムの設計者〟。SEとしての経験を応用して、スライムを組み込んだ仕事や改善案を提案できればどうか？

俺とこの世界の人の常識の違《ちが》いを、少し変わったところからの視点として考えればどうか？

文化、風習、そして人の心情については皆さんの力を借りて理解を深めつつ、問題点の解決や仕事の効率化のために使えるシステムを構築。ここでは円滑に回る〝スライムとの仕事の流れ〟を設計し、提供できないか。これが最も俺が役に立てる方法ではないかと考えている。

……という内容を、SEについては省いて伝えてみたところ、ピオロさんは納得《なっとく》してくれたようだ。

「リョウマもリョウマなりの考えがあってのことなら応援《おうえん》はする。ただ無理せんようにな」

「ありがとうございます。そこはもう、皆さんに言われていますから……それにまず第一は洗濯屋の店舗を増やすことですし、そのための資金面も無理はせずに、様子を見て必要なら〝融資《ゆうし》をお願いしよう〟という話になっています」

「おっ？　前はだいぶ抵抗《ていこう》が強かったみたいやけど、気が変わったんか？」

「少しですが」

以前は融資なんて無縁《むえん》だったこと。加えて洗濯屋が成功するかどうかに不安があり、融資は〝返すあてのない借金〟として少々過剰《かじょう》に忌避《きひ》感を持っていたと今は思う。

現状を冷静に考えると返済の当てはある。一時的に借金を作っても、そうしてできたお店の分だけ収入も増えるという見込みがある。計画的に無理なく返済できるなら、早期に店を増やしたほうが最終的な利益は多くなる。

「以前一度断っておきながら勝手とは思いますが」

「かまへんって。あの時は出会った当日。よく知りもしない相手からホイホイ金借りるのは無用心やし、なんとも思ってへんよ。

守りに入るだけやなくて、時にはリスクを負って儲《もう》けを取る。そういう計算と決断ができるようになったんやったら、商人として一歩前進やな」

「そう言っていただけると少しずつでも成長できているようで、嬉《うれ》しいです」

そんな話をしていると、ふと思う。

「今更《いまさら》ですけど、さっきの〝いいところに来てくれた〟って、こちらでも何かあったんですか？」

「おっ！　忘れとった。この前話した〝アレ〟が丁度手に入ったんよ。ほら、普段《ふだん》の食料にもシュルス大樹海へ行く時にも役立つ食料の」

「‼　ひょっとして〝アレ〟ですか？　時間がかかるはずだったのでは？」

「そう思っとったけど、ホンマ運が良いのか悪いのか。事情があるんやけど、まず見せたほうが早そうや」

　ということで〝アレ〟には心が躍《おど》るけれども、まずは当初の目的であるスライムの派遣《はけん》契約《けいやく》の締結《ていけつ》。

　そして管理を担当する職員の方にブラッディーを3匹預けることを優先した。

5章36話

後日談4・新しい食材

「こっちゃ、見てみ」

「!!」

会頭のピオロさん直々に案内されて着いたのは、サイオンジ商会の倉庫だという建物。管理の職員が重そうな扉《とびら》を開けて、薄暗《うすぐら》い中に積まれた荷物の隙間《すきま》を通り抜ける。

そこには巨大《きょだい》な金属製の檻《おり》が備え付けてあり、その中には大きな鶏《にわとり》が30羽《わ》ほどまとめて入れられていた。

そう、ピオロさんから薦《すす》められたアレとは〝鶏〟。そして鶏が産む〝卵〟だ。

卵はほぼ完全栄養食品と言われるほど栄養価が高く、貴重なタンパク源でもある。長期間の旅の間、それもシュルス大樹海という食料の補給が困難な地域で活動することを考えれば、鶏を飼い卵を供給してもらえれば非常にありがたい。

鶏は飼育に他の家畜《かちく》ほど広いスペースが必要なく飼育も比較的《ひかくてき》容易。ケージに入れて飼えるのも好都合。

だがしかし、1つだけ疑問がある。

ここに来るまで手に入った鶏は大きいと聞いていた。

たった今も檻に入っている鶏を見て〝確かに大きい〟と思った。

でも、1羽1羽が俺と同じくらい……人間の小学生ほどというのはデカ過ぎやしないだろうか？

「僕が考えていた鶏とはだいぶ違うようなのですが」

「ワイも普通の鶏を仕入れるつもりやったんやけどなぁ」

良かった。これがこの世界の〝普通の鶏〟ではないようだ。

「こいつらは〝クレバーチキン〟。鳥型魔獣《まじゅう》の一種で、見てわかる通り巨大な鶏や。卵は普通の鶏と変わらんけど、オスもメスも関係なく1日に複数個産んでくれる。せやから普通の鶏より卵の生産量は多い。こいつらをディメンションホームの中で飼うことができれば、いつでも卵が食べ放題になるで」

「それは嬉しいですが、メリットだけではないんでしょう？」

ピオロさんの言葉の節々に面倒《めんどう》な臭《にお》いを感じるし、先ほどの管理者の態度も少々おかしかった。

そもそも本気で隠《かく》す気はないのだろう。ピオロさんは淡々《たんたん》と問題点を提示する。

「まず第一に、こいつらわりと強いねん。足を見てもらうとわかるやろうけど、筋肉が発達していて爪《つめ》も鋭い。1羽でもDランク相当の魔獣なんよ。さらに群れだと危険度がCランク相当になるんで、それなりに実力のある奴《やつ》やないと飼育なんて危なくて無理や。その点リョウマなら実力に問題はない。それにこいつらは群れを作って生活する習性があるから、相性《あいしょう》は悪くないはずや。従魔術《じゅうまじゅつ》で契約して意思疎通《そつう》ができれば、普通の鶏より世話がしやすいかもしれん」

「なるほど、それは確かに」

「よし。次の問題は餌《えさ》やな。主食は穀物や虫。ただし必要なら他の生物を狩って食べることもある。特にこだわる必要はないな。ただ量は普通の3倍は用意せなアカン」

「木魔法《まほう》とスカベンジャーの肥料で育てた植物でもいいですか?」

「毒がなくて食えればまず問題ないで。野生で生きとる群れはゴブリンも餌にするからな。樹海の中なら襲ってきた魔獣の肉でもやっとけばええ」

なら特には問題ないな。

近いうちに奥様《おくさま》から薦められたスライム用の餌も飼育を考えてるし。

しかし問題はまだまだあるらしい。

「そしてこれが最大の問題でな……こいつら中途半端《ちゅうとはんぱ》に頭が良いんや」

野生のクレバーチキンはあらかじめ有精卵《ゆうせいらん》の他におとり用の無精卵《むせいらん》を多数産んでおく。そして襲撃《しゅうげき》を受けた場合は群れで連携《れんけい》して襲い掛《か》かり、巣と卵を守る。さらに襲撃者《しゅうげきしゃ》が自分達よりも強く勝てない、または戦えば被害が大きいと判断すると即座《そくざ》に有精卵のみ持ち出して巣を放棄《ほうき》する。

彼《かれ》らは獲物《えもの》にとっての自分達と卵の価値を理解しているそうだ。

そしてその知性は家畜となるとさらに顕著になり、人間は無精卵が目的だと理解する。

家畜として生まれ、長く人間と接した個体は人語をある程度理解するらしい。

だから扱《あつか》い（餌の質や寝床《ねどこ》）に不満を持つと、ボイコットして卵を産まなくなる。

安易に自分達を殺せば、人間は損をすることを理解しているから。

「……鶏が交渉《こうしょう》してくるんですか？」

「交渉というよりも、不満があったらゴネる感じや。頭が良いとはいっても所詮《しょせん》は鶏、卵産まんで困らせれば待遇改善すると思ってるんやろうな。実際その原因が飼い主側に落ち度とか、病気の場合は治療《ちりょう》して改善する場合もあるけど、下手をするとゴネればもっと待遇がよくなると勘違いして、もっと良いもの用意しないと餌食べへんとか、図々《ずうずう》しく無茶《むちゃ》な要求するオバハンみたいな性格になるんよ」

「ややこしいな……」

「ちなみに目の前にいるこいつら、そういう口に〝なりかけ〟でな……元の飼い主、うちと取引している元冒険者なんやけど、飼いきれなくなる前に食肉用で引き取ってくれと言われて引き取ったんや」

ここで１つ疑問が生まれる。

「なりかけ、というとまだ完全にそうなってはいないんですよね？　飼いきれなくなる前に、とも仰《おっしゃ》いましたし」

「その理由は……ほれ、群れの中心に体が白黒の雛《ひな》が居るやろ？」

確かに。６羽の雛が集まっている中に、１羽だけ白い綿毛と真っ黒な肌《はだ》の雛がいる。他は全部黄色なのに、あの１羽だけまさか烏骨鶏《うこっけい》？

「色以外は同じ雛にしか見えませんが」

「〝ジーニアスチキン〟。極まれに生まれるクレバーチキンの上位種や。知能がクレバーチキンより高く、成長したら群れのリーダーとして君臨する存在……のはずなんやけど、あの雛はもう生体の連中を差し置いて、群れのリーダーになっとる」

さらに詳しく話を聞いたところ、家畜として一定の安全が確保された環境《かんきょう》で代を重ねた場合、ジーニアスチキンが生まれてすぐに群れのリーダーとなる例が少数ながら報告されているらしい。

そして、そういう群れは……生まれたばかりの雛が舵取《かじと》りをするのだから当然とも思えるが、高確率でワガママ放題。早い話が、生まれた時からチヤホヤされて甘《あま》やかされたバカな貴族のボンボンのようになるとかなんとか……なんとも人間くさい鳥である。

「付け加えると元飼い主は他にも群れを飼っていてな、放っておくとワガママになったこの群れを見て、他の群れにまで影響《えいきょう》が出かねないんや」

「この群れだけ優遇《ゆうぐう》したらそれを見て不満を……ということですか」

全体が悪循環《あくじゅんかん》になる前に、原因になる群れを早期に処分する。またそれによる損失を少しでも回収するために、食肉用としてサイオンジ商会へ売りつける。養鶏《ようけい》（魔獣）を仕事としている方にとっては必要かつ妥当《だとう》な判断なのだろう。

「こいつらの扱いは難しい。せやけど卵は大量に産むから、もしリョウマが飼えそうやったら持っていってくれてええ。ダメならダメで捌《さば》くの手伝ってほしいねん。こいつら絞《し》めようにもうちの精肉担当は戦える奴少ないし、卵産めるような若鶏《わかどり》ならブラッディースライムの血抜《ちぬ》きで少しでも質の良いものにしたいんでな」

「僕がいいところに来たというのはそういう意味でしたか」

食肉用の家畜は出荷《しゅっか》できるようになるまでに、長い年月と大量の餌を消費する。

そのため肉を得るために家畜を飼うのは効率が悪い。

卵を産めなくなった鶏やミルクを出せなくなった牛など、年老いて本来の役割を果たせなくなった家畜が潰《つぶ》されて肉に加工されることはあるけれど、最初から肉を目的に育てられる家畜は少なく、そうして作られる肉は富裕層《ふゆうそう》向けの高級品なのだ。せっかく飼育されていた若い鶏を食肉に加工するなら、少しでも品質を良くしたいと思うのはピオロさんの立場なら当然だ。

「判断は従魔《じゅうま》として契約を試《ため》せばいいのでしょうか？」

「こっちの言葉をある程度理解しとるみたいやから、まず檻の傍《そば》に近づいて声をかけてみ。下手に出たらアカンで。強気で行かなつけあがる。交渉はリーダーとや」

「わかりました」

檻へ触《ふ》れるほどまで近づくと、既《すで》に全ての視線がこちらへ向けられている。

「君達の今後の処遇《しょぐう》について話がしたい。リーダーを出してくれ」

強気と意識し声をかけると、檻の中のクレバーチキンは騒《さわ》ぐことなく、白黒の雛だけがゆっくりと。体が小さいせいで動きが遅《おそ》いのか、一歩一歩確かめるように飛《と》び跳《は》ねて近づいてくる。

……白い綿のような体の毛はフワフワだし、サイズはまだ普通《ふつう》のヒヨコより少し大きいか？　という気がする程度で、正直見ていてすごく可愛《かわい》らしい。

「君がこの群れのリーダーだな」

「ピッ」

返事のように鳴き声が返ってきた。おそらく肯定《こうてい》。

「意思疎通のために従魔契約《じゅうまけいやく》がしたい」

「ピッ」

二度目の肯定と思われる声を確認《かくにん》し、契約を行う。

すると、

『我々を解放せよ！　人間め!!』

「!!」

驚《おどろ》いた……スライムやリムールバードとも意思疎通はできるけれど、それらとはまた少し違う感覚。相性自体はスライム達のほうが上だと思うけどそれとは別に、魔獣側の知能が高いからか？　明確に言葉で語りかけられているような気がする。

「まずは自己紹介《しょうかい》からしよう。僕はリョウマ・タケバヤシ。君は？」

『貴様に名乗る名などない!!』

困ったな、話ができるのに話にならない。

「君達はこのままだと人間の食料として殺されてしまう。そうなる前に僕の話を聞かないか？」

『……話がしたいのなら我々を解放！　さもなくば貴様がこの中に入ってこい！』

「――と、言っています。僕を入れてもらえますか？」

ピオロさんに翻訳《ほんやく》して伝えると、表に居た管理の人を呼んでくれた。

「会頭……本当にいいんですか？　この子を中に入れても」

「リョウマなら平気や。本人も入る言うとるんやから、早く開けたって」

「わ、わかりました……」

渋々《しぶしぶ》といった感じで開かれた入り口から檻へ入ると、数歩歩いたところで成体のクレバーチキンが素早《すばや》く俺を包囲。そして正面にリーダーが出てきた。

『臆病《おくびょう》な人間にしては度胸があるな』

「それはどうも。これで話をする気になったか？」

『よかろう！　貴様の目的を聞いてやる』

体小さいのに態度でかいな……まぁいいけど。

「先ほども言った通り、君達はこのままだと肉にするため殺される。だが君達が卵を産んでくれるなら、引き取って助けることも僕ならできる。餌と住む場所も用意しよう」

『貴様も前の人間と同じだな。よかろう。餌には最高級の麦を我々が入れる器《うつわ》に1日1杯《ぱい》。

トウモロコシやその他の穀物を混ぜて寄越《よこ》すがいい。当然、混ぜる物にも最高級のものを使用せよ！　それから寝床は日当たりが良く芳醇《ほうじゅん》な土の香《かお》りと美味《うま》いミミズがいる——』

尊大な態度で、細かく贅沢《ぜいたく》な条件が羅列《られつ》されていく。

危険な地域に行く上では守りきれないものも多い。

よし、無理だ。

「今回はご縁《えん》がなかったということで……」

『待て！　なぜ断る！』

「今の条件全部は守りきれないのが明らかだったから……」

『馬鹿者《ばかもの》ォ!!　大きな要求から小さな要求へ！　交渉の基本だろう!!』

鶏に交渉の基本を説かれた……

「では受け入れられる条件の話をしよう」

『……貴様はどれだけの待遇を約束できる』

そう言ってきたので、
・俺が遠出をしない時は廃鉱《はいこう》山の決められた場所（屋外）で放し飼い。
・放し飼いの場所は現地を見て要相談。必要に応じて雨や日を避《さ》ける建物を設置する。
・遠出をする場合はディメンションホームの一部に専用スペースを与《あた》える。

・餌はテイマーギルドや市場で購入《こうにゅう》できる平均的な品と自家製品。配合は応相談。
・対価として生んだ無精卵を提供してもらう。
等々……約束できる条件を１つ１つ提示。

そして、

「基本的にこれ以上の条件を認めるつもりはない。というよりも確約できる上限を誠意を持って伝えたつもりだ。実現が約束できなくてもいい、と言うならもっと上の条件を出してもいいが、どうする」

『……貴様、足元を見ているな！　我々は危機に！　理不尽《りふじん》な暴力には屈《くっ》しない！』

『ココココココココッ!!!!!!!!!』

気炎《きえん》を上げるリーダー。

呼応するように周囲から威嚇的《いかくてき》なクレバーチキンの鳴き声や嘴《くちばし》の音が聞こえてくる。

「会頭！　早く助けないとあの坊《ぼっ》ちゃんが！」

管理の人が慌てている。

目の前で俺が子供《いつ》襲われてもおかしくない状況《じょうきょう》なのだから無理もない。

『立ち上がれ！』

『ココココココココッ!!!!!!!!!』

リーダーが声を上げるごとに、群れの出す音は揃《そろ》い、力強さを増す。

もはや交渉ができる雰囲気《ふんいき》ではない。交渉は諦《あきら》め——

『ヒィッ！』

「ん？」

諦めよう、と思った瞬間《しゅんかん》だった。

何故《なぜ》かリーダーの悲鳴が頭に響《ひび》き、クレバーチキンの声が止まる。

そして何故か土下座でもするように羽を広げ、一斉《いっせい》に地面へひれ伏《ふ》してしまう。

そこに先ほどまでの敵意は微塵《みじん》も感じられない。

『お願いしますお願いしますお願いしますお願いします殺さないでくださいお願いしますお願いしますお願いしますお願いしますお願いしますお願いしますお願いします助けてくださいお願いしますお願いしますお願いしますお願いしますお願いします——』

「怖っ⁉　急にどうした⁉　えっ、ちょ、何があった⁉」

どうやら危険は去ったようだが、状況の急激な変化についていけない。

「あー、リョウマ？　自分でわかっとらんみたいやけど、今一瞬《いっしゅん》だけ凄《すご》い目と雰囲気させとったからな？　この前の試合のときみたいな」

この前の試合というと、オックスさんが相手の……なるほど。

交渉を諦めた拍子《ひょうし》に、また先日みたいなことをやったらしい。

無自覚威嚇《いかく》は慎《つつし》まなければならないが、反省は後にして……

「頭を上げてほしい」

『ハッ！』

土下座？　から今度は直立不動に……

「話の続きはできるだろうか――」

『はい！　ええ！　もちろんですとも！　いや～兄さん強そうっすね～。俺ら驚いてしまいましたよ～』

「――露骨《ろこつ》に媚《こび》売ってくるなよ⁉」

態度が１８０度変わってまた戸惑《とまど》う。

しかもその羽はどうなってるんだろうか？

胸の前に持ってきて上下に合わせてこすり合わせ、完全に〝揉《も》み手《で》〟の動作をしている。

『前の人間はいつもこうしていたのに⁉』

前の飼い主の癖《くせ》か何からしい。言葉以外に変なことも学んでいそうだ……

「もういいから、話はできるか？」

『え、ええ……でもですねぇ……俺らは非暴力不服従が信条なんで……』

「ほんの数分前に何やってた？」

『え？　何ですかね？』

「鳥頭ってわけじゃないだろう」

ジーニアスチキンの頭脳どこ行った？

あとこっち見ろ、わかりやすくとぼけるな。

というかインドの偉人《いじん》の言葉なんてどこで知った？

「もう、なんか色々とやる気がそがれたけど……条件を飲まないなら肉になるしかないぞ？　あの人達に無条件で逃《に》がして損をしろとは言えないからな」

『いやいや、絶対に条件を飲まないとは言ってない。ただ、その、な？　もう少しほら……』

頑固《がんこ》だな……と思っていたら、どうも群れの様子がおかしい。

クレバーチキンだけで話し合い？　ざわついている感じだ。

「後ろのは何を話してるんだ？」

『ええと……卵で許してもらえないかとか、俺も差し出そうとか……そういう……』

「うわぁ」

こいつは仲間に見限られ始めたようだ。

『こいつらいつもこうなんですよ……俺は生まれたばっかで何も知らないのに、たまたま知恵比《ちえくら》べで勝ったから俺が新しいリーダーだって、頭がいい奴がリーダーになれば間違《まちが》いないからって、何か不都合があると皆俺《みなおれ》に押《お》し付《つ》けるし、満足できなかったら俺に不満言うし、何か失敗したら全部リーダーの責任ってことになるし、何を教えてもなかなか理解しないし、みんな人間が言うほど頭よくもないし……』

……何だろう、聞いていたら涙《なみだ》が出そう。

それにこいつの意思をやけに明確に感じる理由がわかった気がする。

しかし飼えないものは飼えないから、条件を飲んでくれないと本当に肉になってもらうしかないんだが……そうでないとから揚《あ》げになるぞ？　竜田揚《たつたあ》げやチキンソテーかもしれない。鶏肉《とりにく》で肉じゃがを作るのも悪くない。あとはチキン南蛮《なんばん》とか、豪勢《ごうせい》に丸焼き？　北京ダックの代用もできるかな……ん？

『すみません、淡々と調理法を挙げるのは勘弁《かんべん》してください』

気づけばリーダーだけだが、再び土下座状態。

「飼われてくれる？」

『もうそれしかないし……それに苦労を理解してくれた気がするので……せめてあいつら

がすぐに不満を出さないような環境を……』

「わかった。極力努力する！」

『ありがとうございます……』

こうして俺の従魔には、苦労性《くろうしょう》のジーニアスチキンとその仲間26羽が加わった。

さらに卵の供給を受けることができるようになり嬉しいはず。

なのに何故か心に虚無《きょむ》感を覚えた……

6章1話 湖の漁村

「この先をまっすぐ行けばすぐにラトイン湖のほとりに出るから、突《つ》き当《あ》たって左に行けばシクムに着けるはずだ。もし違っても湖のほとりまで行けばどこかの村が見えるはずだし、どこかの村に着けば船で移動ができる。時間はかかってもたどり着けないことはないだろう」

「ここまでお世話になりました」

「なーに、困った時はお互《たが》い様《さま》さ。迷うことはないと思うが、気をつけてな」

「はい！　そちらもお気をつけて！」

ジーニアスチキン達と契約《けいやく》し、卵の供給源を得た日から約2週間。

俺は修業《しゆぎよう》のため、マッドサラマンダーの生息地である〝ラトイン湖〟を目指していた。

「……さて、俺も行こう」

ここまで親切に案内してくださった商人の方を見送って、俺は教えられた通りの道へと足を向ける。しかし道と言っても獣道《けものみち》のように細く、道を通ると言うよりは、森を抜《ぬ》けるという表現のほうが正しいかもしれない。

実際に踏《ふ》み込んでみるとさらに道はわかりにくく、木々の根が好き放題に伸びている。

足元は基本的に泥《どろ》と根。まれに石。まるで昔沖縄《おきなわ》で見た、マングローブの原生林のようだ。

歩幅《ほはば》を小さく。つま先からしっかりと踏みしめて。足場を踏み外《はず》さないように。

今回の目的はマッドサラマンダーだけれども、この足場の悪い場所での活動もシュルス大樹海へ向けての訓練の一環《いっかん》になるだろう。

気になるのは到着《とうちゃく》時間の目安。

先ほどの商人さんはまっすぐ行けばすぐだと話していたけれど、あの方は昨日も宿営地までもうすぐ、と言い出してから2時間ほど移動が続いた。きっとお隣《となり》さんまでの距離《きょり》がキロ単位で離《はな》れている田舎《いなか》のような感覚なのだろう。

森を抜けるのも2時間くらいと見ておこう……

■ ■ ■

そして約4時間後。

想定の倍の時間をかける頃《ころ》には美しい湖と、そのほとりにある村の入り口が見えた。

入り口の周囲には……おそらくこの周囲に生えているマングローブのような木々だろう。丸太に加工したものを地面に突き立てて並べることで防壁《ぼうへき》を築き、村を囲い守っているようだ。見張りと思われる人も立っている。

近づいて、丸太の壁《かべ》沿いに村の入り口へ向かう。

そこには50代くらいの男性がぼんやりとタバコをふかしながら立っていた。

「すみませーん」

「ん？　見ない顔だな？　それにボウズ1人か？」

「はい。僕《ぼく》はリョウマと申します。冒険者《ぼうけんしゃ》で漁村のシクムを目指しているのですが、この村で間違いありませんか？」

「確かにシクムはここだが……あー、思い出した。カイ坊達の知り合いが近々村に来るって話だったな。ボウズのことか？」

「その〝カイ坊〟さんが冒険者パーティ〝シクムの桟橋《さんばし》〟のカイさんでしたら、間違いありません」

「そうか！　ならちょっと待ってろ」

男性はおもむろに村の入り口にぶら下がっていた木槌《きづち》を掴《つか》み、同じくぶら下がっていた金属板を数回叩《たた》く。

するとと村の内側から若い女性が駆《か》けてきた。

「マンダのおっちゃん、何かあったのかい？」

「メイ嬢《じょう》ちゃんか、ちょうど良かった。カイ坊の客が来たんだよ」

「ああ！　あの噂《うわさ》になってた？　どこに、って、あんたかい？　ずいぶん若い、つか幼いね」

「初めまして、リョウマ・タケバヤシと申します」

俺を見た感想をはっきりと口にした女性。

名前が似ていることを考えると、カイさんのご家族だろうか？

「丁寧《ていねい》にありがとね。私はメイ。カイとケイの姉だよ。弟達が世話になったそうだね」

「来たばっかじゃ何もわからんだろ。案内してやってくれ」

「了解《りょうかい》。とりあえず家に連れてくよ。たぶん2人のどっちかはいると思うからさ。それじゃ付いてきて！」

「はい！　あ、ありがとうございました！　門番のマンダさん？」

「おう！　気をつけてなー」

門番の方に見送られ、ずんずんと先を行く女性を追う。

その途中《とちゅう》では、外よりもしっかりとした地面の上を楽しそうに駆け回る子供達。

水を汲《く》みながら、これこそ本物の井戸端《いどばた》会議をする奥様方《おくさまがた》。

椅子《いす》や道具を持ち出して、日光浴を楽しみながら思い思いの作業をするお年寄り。

非常に穏《おだ》やかな光景があちらこちらで見られた。

「珍《めずら》しいかい？」

おっと、不躾《ぶしつけ》に色々と見過ぎたかな？

「失礼しました。魔獣が多く出ると聞いていたので、考えていたよりも穏やかだなと」

「マッドサラマンダーのことかい？　あれはこの時期になると毎年のことだから、いちいちビビっちゃいられないよ。それに連中の狙《ねら》いは漁で取れた魚だからね。湖岸や浜《はま》まではくるけど、村の中に入り込むってのはまずないんだ」

「なるほど……建物の材料は木材と泥でしょうか？　全部統一されていて一体感がありますね」

「ははっ、一体感なんて大層なものじゃないさ。他に材料がないだけ。でも泥と木ならそのへんからいくらでも採ってこられるからね。多少壊《こわ》れてもすぐ直せるから便利だよ」

「家の修繕《しゅうぜん》もご自分で？」

「当たり前だろ？　ちょっと家が壊れたくらい、自分で修理できなきゃやってけないよ。

この辺じゃ常識さ」

どうやらこの村の人々は皆《みな》、たくましいらしい。

「あ、家はここだよ」

そんな風に話をしながら歩いていると、家に到着したようだ。

「さ、入って」

「お邪魔《じゃま》します」

玄関《げんかん》を開けたメイさんに招かれ、入ってみると土間。

その先は板張りの大きな広間になっていて、中心に囲炉裏《いろり》と思われるスペースもある。

全体的にどこか日本家屋のようで、懐《なつ》かしさを感じる。

「カイー！　ケイー！　返事がないってことはいないのかね？　……まぁいいや。リョウマ君の部屋は用意してあるから、案内するよ」

おや？　事前に受け取った手紙では、冒険者用の宿泊施設《しゅくはくしせつ》があるから予約しておくという話だったはずだけど？

聞いてみると、その建物は村の集会場。この時期は冒険者に部屋を貸し出しているが、元々それほど広い建物でもなく、集まってきた他の冒険者で満員になってしまった。

そして余った冒険者の寝床をどうするか？

わざわざ村を守りに来てくれた相手に野宿を強要するのは申し訳ない。

信用のある冒険者には村のお宅に間借りをしてもらって解決しよう、という話になったらしい。

「村の都合で申しわけないんだけど、我慢《がまん》してもらいたいんだ」

「我慢だなんてそんな！　こちらはタダで部屋を貸していただけるだけでありがたいです」

「なら良かった。他所の街がどうだか知らないけど、ここらでは助け合いが基本。困った時はお互い様。滞在《たいざい》中は遠慮《えんりょ》なく声をかけてちょうだいね。できる限りで助けるからさ」

街の人よりも距離感が近いというか、初対面にもかかわらず妙《みょう》に好感度が高いというか……。

いきなりで少々戸惑ってしまったけれど、歓迎《かんげい》されているのは間違いなさそうだ。

「ありがとうございます。改めまして、これからお世話になります！」

暖かく迎《むか》え入《い》れてくれた下宿先の方には感謝だ。

そしてここから、ラトイン湖での修業生活が始まる！

6章2話 村の案内とご当地食材の味

「久しぶりだな！」

「よく来たね～」

「あら、お客さんかい？」

「あら、母さんも帰ってきたんだね」

用意していただいた部屋で荷物を整理していると、カイさんとその弟のケイさん。

さらに彼らのお母さんも帰ってきたようだ。

「お邪魔しています。リョウマ・タケバヤシと申します」

「ああ、春ごろにうちの馬鹿息子達《ばかむすこたち》とその仲間に良くしてくれたって人かい。聞いてた話より随分《ずいぶん》と若いねぇ。……あれ？　来るのは今日あたりだったかね？　来月じゃなかったかい？」

「おいおいお袋《ふくろ》、村の水揚《みずあ》げを守る手伝いに来てくれるんだから今月だろ。来月にはもう漁が終わっちまうぞ」

「そうなると困ったねぇ……お客さん用の食事の用意をしてないよ」

「えっ、僕らの分しかないの？」

「食材の量は十分あるんだけどね、種類が」

……何か特別なご馳走《ちそう》でも用意しようとしてくれていたのだろうか？

「あの、どうかそんなにお構いなく」

寝床を貸していただけるだけでもありがたいし、食事まで用意していただけるなら御《おん》の字《じ》だ。

皆さんと同じもので文句などあるわけがない。

「そうかい？　でも今日の予定は」

「あー……とにかく夕飯のことは私らに任せておきな。

それよりカイとケイ。リョウマ君はしばらく滞在するんだろ？　今のうちに村を案内してやったらどうだい？　それに２人の知り合いってことは、他の３人とも知り合いなんだろ？　到着したことを伝えてくるとか、気をきかせてやんなよ」

「おっ！　そいつもそうだな！」

「リョウマ君はどこか見たいところある？」

「でしたら――」

明日から早速《さっそく》マッドサラマンダーの討伐《とうばつ》に参加させてもらいたかったので、お言葉に甘えてその現場と既に従事している先輩冒険者《せんぱいぼうけんしゃ》の方々に挨拶《あいさつ》を。そして可能であれば、滞在中に訓練ができる場所を案内してもらえるようにお願いする。

「それだと村を一周ぐるっと回る感じになるね。一度浜《はま》まで行ってから村はずれで、集会場とかに寄ってくると夕飯の時間になるかな？」

「ならケイ、お前案内しろ。俺《おれ》はセイン達に声かけてくるわ。話もしてぇし飯も一緒《いっしょ》に食えばいいだろ。積もる話はそこでな」

土地勘《とちかん》のある2人はすぐに話し合い、案内してくれるルートを決定。

「じゃ俺は呼んでくる。また後でな」

「ありがとうございます。また後で」

「僕達《ぼくたち》はこっちだよ」

玄関前《げんかんまえ》でカイさんと別れ、ケイさんについていく。

外は相変わらずのどかな村だが、荷物整理をしているうちに日が暮れ始めているようだ。

既に子供達や奥様方も家に帰ったようで、今は人気《ひとけ》があまりない。

……と思っていたら、若い男達が数人で集まり、体操らしき運動をしている。

ケイさんもほぼ同時に彼らに気づいたらしく、一声かけて挨拶。

そのままさらに歩く道中、あれは何の体操かを聞いてみると、漁に出る前の体操らしい。

「ずっと昔から漁師は起きたらあれをやるって決まってるんだ。船の上で体がうまく動かないと、本人はもちろん一緒に船に乗る仲間まで危険にしかねない。だから一緒に体操をしてお互いに船に乗る前の体調確認をしろ、って僕は教わったよ」

「なるほど」

「まぁ、明らかに様子がおかしければ体操なんかしなくても気づくし、正直に言うと習慣だからなんとなくやってる人も多いかな。うちの親父《おやじ》とか一部の厳しいお年寄りに言うと怒《おこ》られるけどね」

いたずらをした子供のように笑いながら話すケイさん。

そこへ今度は遠くから、

「おーい！」

「あっ、こんにちはー！」

知り合いがいたようで、また挨拶して別れた……かと思いきやその数十秒後にも声をかけられ、さらにまた数分後にはまた人を見て声をかけ……人がいるたびに村の方々へ挨拶が繰《く》り返《かえ》される。

「皆さん、お知り合いなんですね」

「小さい村だから、どうしてもね。男は大体漁師だし、漁師の誰々《だれだれ》の奥《おく》さんとか、漁師の誰々の何番目の息子《むすこ》さんとか、そういう感じで村の人なら顔はわかるよ。逆に村の人じゃなければ目立つから、新しく来た人とかは話題になりやすくて、すぐ覚えられてしまうね。多分リョウマくんもすぐに覚えられるんじゃないかな」

田舎あるあるだな。悪い印象で覚えられないように気を付けなければ。

「この村には全部で何人くらい住んでいるんですか？」

「５００人もいないよ。街に働きに出たり、他所の村に嫁《とつ》いだりした人を含《ふく》めればもっと行くけど、っと。見えてきたよ」

指し示された先を見ると、家の間から乱反射する光が目に入った。村に来る時にも見た湖だと、すぐに理解する。そしてさらに進み、最後の建物の横を通り抜ける。

「‼」

視線を遮《さえぎ》る建造物が一切《いっさい》なくなると、これほどに美しいのか……

広大な湖に風が波を立て、揺《ゆ》らめく光の反射。

水は透明度《とうめいど》が高く、底はそれほど深くないのだろうか？

波の合間には青々とした水草が揺らめく水の底が遠目からでも見えた。

吹《ふ》き抜ける風は冷たいけれど、その風景にはどことなく暖かさを感じる。

湖の手前には白く美しい浜辺《はまべ》が広がり、整然と小船や道具類が並べられている所にようやく漁村らしさを見つけた。

「どうだい？　この景色は」

村に来るまでの森を見て沖縄のようだと思ったけれど、

「綺麗《きれい》ですね。本当に。極力自然をそのまま残した感じで。それでいて観光地としても十分なくらいの景色で」

「そう言ってくれると嬉《うれ》しいよ」

ケイさん曰《いわ》く……ラトイン湖はここら一帯の漁村の民《たみ》にとって、日々の糧《かて》を与えてくれる大切な場所であり、この湖の環境を守ることが恵《めぐ》みを受ける彼《かれ》らの義務であり、誇《ほこ》りだと彼らは考えているのだそうだ。

「そうなると、色々と決まりごとがありそうですね」

「リョウマ君は漁師じゃないからぐっと少なくなるけど、注意してほしいことはいくつかあるね。例えば湖の恵みは誰《だれ》でも捕《と》っていいけど、漁師じゃなければ素潜《すもぐ》りか釣《つ》り限定。網《あみ》や籠《かご》を使った漁は禁止。あとは、あの湖の上に島があるのは見える？」

「んー……あの木の枝を組み合わせた、いかだみたいなので合ってますか？　何か小さいのが上に乗ってますね」

だいぶ遠いし、光の反射もあって見にくい……けど、ラッコとかビーバー系の、毛の生えた生き物がいるのがわかる。

「あの島は僕たちが〝ヤドネズミ〟って呼んでる魔獣《まじゅう》が冬を越《こ》すために作る巣で、春先には小魚の隠《かく》れ家《が》や漁師が漁場を見つける目印にもなる。だからヤドネズミとその巣は傷つけないのが決まりなんだ。

リョウマ君も浜辺とか村の中で見かけたら、追《お》い払《はら》わないように気をつけてね。魔獣だけど危険はないから」

「わかりました。気をつけます」

そのほかにもゴミを捨てない。トイレは浜の近くに用意された指定の場所で、等々。基本的なマナーも含めて注意点を教えてもらいながら、また浜辺を歩く。

このシクム村はラトイン湖の南東に位置しているため、明日からの仕事場にもなる〝浜〟は、村の北西部。ケイさん達《たち》の家は村の西側に近かったようで、浜に出てから湖に沿って北上すると、舟《ふね》を留《と》める桟橋や水揚げの保管や加工処理を行う建物など。仕事上必要と思われる大体の地理が把握《はあく》できた。

「これで仕事場付近は迷わないかな？」

「大丈夫《だいじょうぶ》だと思います」

「よし、じゃあ次は練習場だね」

雑談をしながら歩くことさらに村を4分の1周。

到着したのは村の真東にあたる場所で、マングローブのような森との境界線でもあるようだ。

森の木々には枝を落とされていたり、切り株になっているものも目立つ。

「ここは村で使う薪《まき》や木材を採取する場所なんだけど、そのおかげで広いし多少うるさくても問題ないよ。どうだろう？」

「村から近いのに十分な広さ。従魔を出しても問題なさそうですね」

「あ、従魔といえばスライムを集めてるんだよね？　ここ、たまにマッドスライムっていうスライムが見つかるんだけど」

「——最高です！」

マッドスライム。マッドということは泥だろう。この辺の地形にも適している。

「どのくらいの頻度《ひんど》で見つかりますか？」

「え、う、う〜ん……僕も薪集めに来て何回か見てるし、探せば見つかるんじゃないかな？」

よし、走り込みがてら探してみよう。絶対に。

「急に目の色変わったな……まぁ気に入ってもらえたみたいで良かったよ。日も落ちてきたし、そろそろ集会場へ行こうか」

まだ見ぬスライムがその辺にいるかもしれない。そう考えると後《うし》ろ髪《がみ》を引かれるが、我慢して移動。

その後案内された集会場や個人宅を訪ね、先輩冒険者の方々に挨拶をして少々のお土産《みやげ》を渡《わた》し、明日から何卒《なにとぞ》よろしくお願いしますと伝えた。

慣れない土地だからだろうか？　新入社員のような態度をとってしまったが、先輩冒険者の方々にはわりとウケがよかったのが幸いだ。

■
■
■

そんなこんなで帰宅……でいいのか？

ケイさん達の家に戻《もど》ると、大勢の声が扉《とびら》の外からでも聞こえる状態。

なんだか盛り上がっているなーと思いつつ中に入ると、既《すで》に大人が酒盛りを始めていた。

「姉さん、なんで父さんもう飲んでるの……」

「仕方ないじゃない。お父さん帰ってくるなり酒って言うし、普《ふ》段《だん》無口で無愛想なの知ってるでしょ？　ちょっとくらい飲ませといた方が印象良いわよ。初対面なんだから」

「メイ！　ケイ！　お客を立たせたままで何やってんだ！　さっさと座《すわ》ってもらえ！」

ということで、挨拶もそこそこに飲み物が用意され、ひとまずは囲炉裏を囲むことに。

俺の正面にはこの家の家長でありケイさん達の父と紹介《しょうかい》された男性、ホイさん。

彼はもう50を越えたようなヒゲとシワだらけの顔をしているが、その肉体は日々の仕事で鍛《きた》えられたのだろう。ボディービルダーのように筋骨隆々《りゅうりゅう》かつ、少々度が過ぎるくらいの日焼けもあるのか、体だけ非常に若々しく見える。

ちょっとだけ前世の自分を思い出して親近感が湧《わ》いた。

「話には聞いていたが本当にちっこいな」

「親父！」

「おっと、こりゃ失礼」

「いえいえ、若いのは事実ですから」

「それでもこいつらを助けてくれたって話は聞いたよ。こいつらは……悪い奴《やつ》らじゃないが、いかんせん田舎者《いなかもの》の世間知らずだからなぁ……遠出をするにしても湖の対岸の街かその少し先までが精々。旅行気分で意気揚々《いきようよう》と飛び出したはいいが――」

昔から息子とその友人を見てきた1人の親の口から語られる自らの失敗談。

お酒が入ってすごく気持ち良さそうなのだが、それを聞かされる方は居心地《いごこち》が悪いのだろう。

以前、ギムルの街のテイマーギルドにブラッディースライムを売りに来た冒険者パーティー〝シクムの桟橋〟の皆さんはそれぞれ微妙《びみょう》な顔。

「お久しぶりです。シンさん、セインさん、ペイロンさん」

「うん……」

「ああ……」

「…………」

「夕飯ができたよ！　場所を空けとくれ！」

そんな時に奥さんの声がこの状況を変えてくれた。

土間から囲炉裏までの道を空けると大きな鍋《なべ》に人数分の器《うつわ》、そして植物で編まれた丸いものが運ばれてくる。

丸い物体は中に何かを入れて丸ごと茹《ゆ》でたのかな？

匂《にお》いはあまり強くないけれど、昔どこかで嗅《か》いだような気がする。

ただ魚介類《ぎょかいるい》なのはまず間違いないし、ここは漁村。

ギムルでは食べられなかった魚が豊富と聞いているので、期待は高まる。

「げっ、今日の飯はコレかよ」

「？　カイさんは苦手な料理なんですか？」

「俺は好きだけど、他所の人間は嫌《いや》がるんだよ」

わざわざ蓋《ふた》を外していただいたので見てみると……

「カニ⁉」

中には真っ赤に茹《ゆ》で上《あ》がった、手のひらサイズのカニがぎっしり詰《つ》まっていた！

「うわ……懐かしいー！」

カニ……湖だから淡水《たんすい》の、例えば沢《さわ》ガニのような種類だろうか？

地球ではたまの贅沢《ぜいたく》に食べることもあったが、こちらの世界で見るのは初めてだ。

「この村では魚だけじゃなくてカニも捕れるんですか？」

「罠《わな》を沈《しず》めれば大量に捕れるぜ。リョウマは平気なんだな」

「故郷では普通《ふつう》に食べられていましたし、僕も大好物ですよ」

「おや、そうなのかい？　大丈夫なら良かったよ。一応魚も用意してあるけど、これはたくさんあるから好きなだけ食べておくれ」

串《くし》に刺《さ》した魚を囲炉裏に並べ、器に魚介《ぎょかい》のスープをよそう奥さん。

心なしかその表情は嬉しそうで、具だくさんのスープはたっぷりと器に盛られる。

「さ！　しっかり食べておくれ！」

塩茹《しおゆ》でされたカニを1杯《ぱい》いただき、足をもいで身を口に含む。

……身が締《し》まっていて細さのわりにしっかりとした弾力《だんりょく》。一噛《か》みするごとにカニの甘《あま》みが染《し》み出《だ》して、そこに混ざる塩の絶妙《ぜつみょう》な加減……これは、シンプル！　だからこそベスト！

「やっぱり美味《おい》しいです！」

1杯が小さい分足も細くて、子供の体でも食べやすいサイズだ。

「おっ、良い食いっぷりじゃないか。どんどん食べな。ほらもう1匹。あとスープも」

「ありがとうございます。メイさん……うん！　このスープも美味しいですね」

マスタード、カラシのような味が強いけど、魚の出汁《だし》と合わさって良い感じ。

「ほらボウズ、次が来たぞ」

「いただきます」

このカニは飽《あ》きがこないので1杯、2杯と手が止まらない！

「はいどうぞ！　遠慮しないでね！」

カニ……美味っ……！

皆さんが常に世話を焼いてくれて。

どんどんおかわりを勧《すす》めてくれて。

俺はひたすらに食べ続けた。

そして満腹になると夕食兼俺《けんおれ》の歓迎会《かんげいかい》？　はお開き。

シクムの桟橋のシンさん、セインさん、ペイロンさんはそれぞれの家に帰宅。

最後に俺は〝旅の疲《つか》れもあるだろうし、この村の仕事は朝が早いから。今日は早めに寝《ね》るといい〟とメイさんに言われるがまま、与《あた》えられた部屋の布団《ふとん》へ入り……そして気づいた。

積もる話は食事の時にという話だったけど……

カニを食べていてほぼ会話してなかった……

6章3話 漁村の朝食とお土産

翌朝

「うっ？」

物音で目を覚ますと、まだ日の出にも遠い時間だった。

湖が近いからか……厳しい冷え込みを堪《こら》え、最低限の身支度《みじたく》を整えて部屋を出る。

音の元は先の調理場のようだ。

「おはようございます」

「あら！　おはよう」

「起こしちゃったかい？」

調理場ではメイさんとお袋さんの2人が、かまどの火と小さなロウソクの僅《わず》かな明かりで料理をしていた。

「昨日早く休ませていただいたので、しっかり休めました。朝ごはんの用意、良ければ手伝わせてください」

「あらま。うちのバカ息子たちにも見習ってほしいわ」

「じゃあせっかくだし……井戸《いど》の場所はわかるかい？　わかるなら水を汲んでこの壺《つぼ》に溜《た》めておいてほしいんだけど」

メイさんが見せてくれた壺は、俺の身長と同じくらいの深く大きい物だ。

井戸の場所はわかるけど、これくらいなら……

「それなら『ウォーター』」

「リョウマ君、魔法《まほう》を使えるのかい」

「はい。そういえば昨日は名前くらいしか話してませんでしたね……っと、これでどうでしょう？」

「十分だよ。次は……これとこれでこれをすり潰《つぶ》してもらえるかい？」

渡された道具はすり鉢《ばち》とすりこぎ。そしてすり潰すものは、

「山葵《わさび》？」

形は完全に山葵なのだが、色が黄色だ。

「ワサビ？　〝ホラス〟をリョウマ君の地元じゃそう呼ぶのかい？　昨日も〝ミズグモ〟をカニとか呼んでいたし」

ホラス……と聞いて頭に浮《う》かぶ薬草知識。

水が綺麗で浅い川や泥の中で育ち、独特の辛味《からみ》がある。

殺菌《さっきん》効果が高く、虫下しの薬としても使われる薬草。

まったく同じではないけれど、

「おそらくかなり似た植物だと思います。これをどの程度すり潰せば？」

「形が完全になくなるくらい頼《たの》むよ。注《つ》ぎ足《た》すスープに使うからね」

「わかりました」

昨日のスープの辛味はこれか！　と納得《なっとく》しつつ、作業に入る。

葉の部分を取り除き、水でさっと汚《よご》れを流した根を細切れにしてすり鉢へ投入。

何度か押《お》すように全体を潰してから、さらにすり潰していく。

言われるがままにやっているが、改めて見ると結構な量だ。

しかしこの刺激《しげき》のある独特な香《かお》り……

「ちなみにこれとお魚を生で食べる料理ってこの辺にありますか？」

「そういう食べ方をする人もいなくはないけど、腹の中で悪さをする虫もいるからね。特に今の時期はやめておいたほうがいいよ」

非常に残念だが、現地の人のアドバイスには従うべきだろう。

それに加熱調理や加工された食品なら寄生虫の心配はないそうなので、滞在中はそちらを楽しませてもらうことにしよう。

そう考えて思い出す。

昨日渡すはずのお土産を渡していなかった。

「お土産って、私達にかい？」

「はい。ちょっと失礼しますね」

一度部屋に戻り、ディメンションホームを使用。今や体育館よりも広くなった内部の一角で、最近仲間になったクレバーチキンの生活スペースへ向かう。

「コケーッ！　コケーッ！」

俺に気づいた1羽《わ》が大きく鳴くと、身を寄せ合っていた群れから黒い雛《ひな》が飛び出てくる。

『おはようございます兄貴！　今日は早いですね！』

「おはよう〝コハク〟。予定より早いけど、今日の分用意してもらえるか？」

『それならもう用意してありますんで、大丈夫です』

この群れのボスであり、唯一《ゆいいつ》の上位種。ジーニアスチキンの〝コハク〟がいやらしいもみ手をしながら向かっていく先には、布を敷《し》いた籠がいくつか並び、そのうちの2つに卵が山積みになっていた。

「じゃあ今日も貰《もら》っていくぞ。検品が終わったら今日の分の食事を用意するから」

『はい！　今日も食料箱の前で待ってます』

初対面の高圧的な態度が見る影《かげ》もなくなったコハクの見送りを受けて、俺は卵の入った籠をそっと抱《かか》えてスライム達の生活スペースへ移動。受け取った卵は合体してビッグになったクリーナースライムに洗浄《せんじょう》してもらいながら、割れた卵がないかを確認《かくにん》する。

せっかく布を敷いた籠をいくつも用意しているのに、２つだけしか使わずに山積みにしていることからもわかるが、クレバーチキンは自分が生んだ卵に頓着《とんちゃく》しない。もちろん囮《おとり》用で子供が生まれない無精卵《むせいらん》に限ってのことだけれど、扱《あつか》いが雑なのだ。

ビッグクリーナースライムが触手《しょくしゅ》のように伸《の》ばしたからだの先から、１つずつ丁寧に体に取り込んでは反対側に用意した籠に並べていく様子を眺《なが》めていると、ため息が出る。

クレバーチキン達とは今でこそビジネス的な関係に落ち着いたが、仲間にした当初はなかなかに酷《ひど》かった……餌《えさ》についてはプロである前の飼い主が与えていた内容をサイオンジ商会の担当者が世話のために聞いていて、それと同じものを用意したので不満は出なかったが、問題は住処《すみか》。

連れ帰った廃鉱《はいこう》山で放し飼いの場所を相談していると、意思疎通《そつう》のために全員と契約《けいやく》したのも悪かったのか、あれやこれやと好き放題に要求をしてくる。

そして最終的な決定は〝しばらくディメンションホームの中で生活する〟というもので、

その理由は〝外が冬で寒いから〟。俺が餌を用意するので、自分たちで外に行きミミズや虫を食べるよりも、寒くない室内に居座《いすわ》ってゴロゴロして生活することにしたらしい。

なお、その際〝どこか暖かいところに行って自分達を外に出せ〟、〝自分達に代わって渡り鳥《どり》のように季節に合わせて移動しろ〟などという声も上がっていたが拒否《きょひ》した。

その後もディメンションホームで生活するのはいいが、リムールバードやスライム達といった先住民の存在から、その生活スペースの大きさの違《ちが》いなどにも不満を漏《も》らしている。

しかし現在、彼らの中での格付けは、

俺　＞　リムールバード　＞　スライム達　＞　コハク（リーダー）　＞　自分達

となっているようだ。

というか、こうなるように努力した。

特にスライム達を認めさせるまでに、何度スライムの津波《つなみ》で連中を押し流したか……リムールバード相手にはあまり絡《から》まないのだけれど（飛べないのがコンプレックス？）、スライム達は〝美味しくもない餌の一種〟くらいの認識《にんしき》だったので、だいぶ時間がかかった。

最終的に1対1の代表戦で、スティッキースライムに棒でボコボコにされた1羽が出てからは黙《だま》ったけど……あれでもダメなら檻《おり》か肉しかなかったなぁ……

なおボコボコにされた1羽は怪我《けが》をしたからと休暇《きゅうか》（卵を産まない日）をくれと言い出すくらいには元気でしぶとかったので、しっかりと回復魔法で傷を治した後に休暇申請《きゅうかしんせい》は却下《きゃっか》した。

ぶっちゃけ今は生後数ヶ月の雛なのにあの群れをまとめていたコハクをかなり尊敬、そして頼《たよ》りにしている。申しわけないがクレバーチキン達とは従魔術師《じゅうまじゅつし》として、能力的な相性《あいしょう》は良くても性格的な相性がイマイチなようだ。意思の疎通もできるけど、いまいちハッキリしない。

この件についてテイマーギルドで支部長に相談してみたところ、どちらかといえば従魔《じゅうま》との意思疎通や関係構築に悩《なや》むほうが普通であり、これまでのように何の問題もなく従魔と意思疎通ができて、お願いしたらすんなり指示を聞いてくれるのは珍しいらしい。

だから普通の従魔術師には飴《あめ》と鞭《むち》を使い分け、動物と同じように調教を行う人も多くいるとのこと。考えてみれば、相手は生き物なのだから当然である。

俺はこれまで相性が良く、知性の高いリムールバードや従順で初心者向けとも言われるスライム系だけが従魔だったから、そういう経験が無かったのだろう。

勉強と考えれば、クレバーチキンも良い経験かもしれない。

コハクが緩衝材《かんしょうざい》として間に入ってくれるし、卵が週5で大量に手に入るメリットは大きい。

あと卵に興味を示したポイズンスライムやアシッドスライムもいるし……おっ？

俺の足にビッグクリーナースライムが触《ふ》れた。

考えているうちに卵の洗浄が終わっていたようだ。

「ありがとう」

さて今日残ったのは……52個か。で、割れたのが8個ね。

数の確認後、残りをいくつか鑑定《かんてい》。食用に問題なし。

割れた卵は卵に興味を示したスライムにあげて、割れていない方を回収。

最後にクレバーチキン達の餌箱《えさばこ》に用意してある餌を入れに行く。

『お疲れ様です。どうでしたか？』

「60個中8個割れてた」

『あちゃぁ……山積みをやめさせないとダメですね』

「まぁ最初に比べたらだいぶマシだけどな」

クレバーチキン達との契約では卵を週5、1日60個納めることになっている。

26羽の群れの内、卵を産める大人の鳥が20羽なので丁度1羽につき3個。

「卵の扱いは長い目で見ても良いけど、衛生面と雛については頼むぞ」

『だいじょうぶです。毎日スカベンジャー先輩《せんぱい》に巣の掃除《そうじ》、クリーナー先輩に体の洗浄を受けることについて文句は出てませんし、許しません。雛の教育についてもわかってます』

衛生管理は単純にディメンションホーム内の環境《かんきよう》整備と病気の防止で、リムールバードも受けている。

雛については、あれだ、次の世代に向けて。

成長しきったクレバーチキンはもう手の施《ほどこ》しようがないけれど、コハクと同じ雛の５羽には未来がある。わがままも言うけれど、他の大人よりはマシ。良くも悪くも、まだ何もわかっていない状態だ。教育次第《しだい》ではチャンスがあると信じたい。

「頼むぞ。俺もできるだけ協力するから」

『全力で教育します。こっちも味方増やしたいんで』

瞳《ひとみ》に決意の炎《ほのお》を燃やしているコハクに別れを告げて、ディメンションホームを後にする。

そして新鮮《しんせん》な卵とともに、朝食の準備に戻った。

■■■

そして朝食が完成。

本日のメニューは、まず昨夜と同じホラススープ。

この地域の味噌汁《みそしる》のような扱いで、今日の具は昨日の残りのカニの身と、俺が提供した卵。

そしてもう一品はなんと、森の中で生活していた頃《ころ》によく食べていた〝コッブヤリクサ〟で作られた薄焼《うすや》きパン。沢庵《たくあん》のような野菜の漬物《つけもの》もついている。

漁村の朝は早い。

そのため朝は手早く食べられるスープ＋腹持ちの良い1品が基本になるそうだ。

「おっ！　なんだ？　今朝はやけに豪勢《ごうせい》だな」

「鳥の卵なんてどうしたのさ？」

「リョウマ君がお土産にってくれたんだよ。空間魔法で鶏《にわとり》を飼ってるんだと」

「用意まで手伝ってくれて、あんたらもちっとは見習ったらどうだい」

起きてきたカイさん達は姉の言葉など気にもせず、スープを見て目を輝《かがや》かせている。

喜んでもらえたようで、渡した俺としても満足である。

「感謝する……」

「？　あ、どういたしまして」

親父さんがボソッと呟《つぶや》いたので何かと思えば目が合って、俺への礼だとわかった。

彼はそのまま器を手に取り食事を始める。

低血圧なのだろうか……昨日と様子がぜんぜん違う。

「ごめんなさいね。うちの人、お酒が入らないとほとんど喋《しゃべ》らないから。飯、酒、寝る、とかね」

「そうなんですか」

昨日聞いた気もするが、ここまでとは思わなかった。

「怒ってるとかじゃないから気にしないで、リョウマ君も食べちゃいなさい」

お袋《ふくろ》さんはそう言いながら、コツブヤリクサのパンをドサッと皿に盛ってくる。

親父さんが食べ始めたからか、カイさんたちも食事を始めた。俺もいただこう。

……うん、美味《うま》い。コツブヤリクサのパンには独特の風味があるのだけれど、このカラシのスープに漬《つ》けて汁《しる》を吸わせるとまったく気にならない。むしろ良いアクセントかもしれない。

しかし……なんだろう？

このスープはどこか懐《なつ》かしいというか、何かを思い出しそうだ……

「どうしたんだい？　変な顔をしているけど、美味しくなかったかい？」

おっと、お袋さんが不安そうにこちらを見ている。

「考え事をしていただけですよ。このスープの味が昔食べた何かに似ている気がして……でもそれが思い出せないんです」

「なんだ、そうだったのかい」

ホッとしているお袋さん。

誤解が解けたようで良かった。

時間もなさそうだし、考えごとは後にして早く食べてしまおう。

皆《みな》さん結構食べるのが早いし、今日からマッドサラマンダーを相手にする。

準備は万全《ばんぜん》にしておかなければ！

6章4話

マッドサラマンダー討伐

食事を終えて家を出る。

外は暗く、さらに薄《うす》いもやがかかっているため、視界はあまり良くない。

しかし全く見えないというほどでもないし、事前に道は教わっている。

何よりカイさんとケイさんも一緒なのだから迷うことはないだろう。

手を動かし、足を高く上げ、体を冷やさないように暖めながらゆっくり目的地へ向かう。

ちなみに親父さんは誰よりも早く食事を終えて、1人で先に行ってしまった。

「おう」

「うーす」

「おはようございます」

湖に近づくにつれて、同じように仕事に出てくる方々の姿も増える。

そして目的地である浜辺に到着《とうちゃく》。

「おお……」

浜辺には屈強《くっきょう》な男達が数百人。二手にわかれて、今か今かと湖を眺めている。

その2つの集団の近くには、灯台の代わりと思われる篝火《かがりび》が1つずつ。

さらに湖の上にも船の明かりだろう。いくつもの小さな光が隊列を組んでいる。

浜辺には他にもキャンプファイヤーのように盛大に燃え盛る焚き火《たび》と薪の山が8箇所《かしょ》。

そちらでは手に槍《やり》……じゃない、銛《もり》を持った男達が待機している。

焚かれている火が暗い湖に映り、もやで光の輪郭《りんかく》がぼやける幻想的《げんそうてき》な光景。

船同士の合図には笛や太鼓《たいこ》を使っているようで、何かのお祭りのようにも見える。

「リョウマ、こっちだ。行くぞ」

「はい！」

綺麗な景色だが、見とれている暇《ひま》はない。

まずはここで冒険者《ぼうけんしゃ》をまとめている方に挨拶《あいさつ》し到着を報告。

そしてシクムの桟橋《さんばし》の皆さんと合流する。

マッドサラマンダー討伐《とうばつ》はチームで行うそうなので、俺《おれ》は彼らに混ぜていただくことになっている。

「おはようございます！」

「おはよう」

「おーう。朝から元気だな」

「よろしくな……」

シンさん、セインさん、ペイロンさんの３人は既に来ていたので、これで全員集合。

しかし狩《か》りをはじめるまでは、まだ時間があるようだ……

「そうだ、皆さん。よければマッドサラマンダーの討伐のやり方について、少し教えていただいてもいいですか？」

一応基本的な情報は調べてあるし、討伐方法は昨日先輩冒険者《せんぱいぼうけんしゃ》に挨拶をした際に聞いている。

しかしせっかく経験者がいるのだから、役に立つ情報や何か特に知っておくべきことがあれば聞いておきたい。

「あー……見たほうが早いと思うが、黒くてでかいな。あとうじゃうじゃいる」

と、言ったのはカイさん。

どうしよう、Ｇと呼ばれるアレしか思い浮かばない。

「ここでは漁の最中や集積場に集められた魚を狙《ねら》ってくるから、討伐よりも魚を守るのが重要な仕事になるね。うちの村では兄さんの言った通り数が多いから交代制で対処してる。毎年依頼《いらい》を受けてくれてるベテラン冒険者の人がいるから、最初はその動きを見ながら村のやり方を真似《まね》れば大丈夫だと思う。でも交代制でも魔獣を相手にするわけだし、昼ごろまでかかるから、頑張《がんば》るのもほどほどにしないと体が持たないよ」

ケイさんが補足してくれた。

なるほど、持久力やペース配分が大切になってくるわけだ。

「あとは……たまに〝ポケットイーグル〟という魔獣が空から襲《おそ》ってくることもあるから、そっちにも気をつけてくれ」

「あー、あいつら冒険者とマッドサラマンダーが戦ってる時を狙って魚を盗《ぬす》みにきたりもするからな。ある意味マッドサラマンダーよりめんどくせえぞ」

これは新情報。

シンさんとセインさんが言うには、漁夫の利を狙うタイプの魔獣らしい。

戦闘《せんとう》中、さらに視界に入りにくい高高度から急降下してくるため、対応しにくいとのこと。

……空からの襲撃《しゅうげき》なら、リムールバード達に警戒《けいかい》を任せればいいかもしれない。

話を聞いた限りでは単体で襲ってくるみたいだし、狡猾《こうかつ》だけど強くはないそうだ。

1対複数でかかれば安全ではないか？　とりあえず今日は様子を見て、提案してみよう。

そう考えたところで、軽く肩《かた》をたたかれる。

「ペイロンさん？」

「あれを見ろ」

と、指されたほうへ目を向けると……そこにはこの寒空の下、全裸《ぜんら》になった男たちが数人。

討伐の順番は篝火に近い焚き火にいるチームから順に、という話だったので、彼《かれ》らは第一のチームだろう。湖を見れば、湖に出ていた船が半円の隊列を組んで戻ってきている。

もう討伐の始まりが近いのだろう。

しかし、素《す》っ裸《ぱだか》で魔獣《まじゆう》討伐《とうばつ》なんて大丈夫なのだろうか？

「マッドサラマンダーの攻撃《こうげき》手段は体当たりか噛《か》み付《つ》くかの２つ……体格にもよるが、それ自体は骨折程度で済む。問題はそこから水の中に引きずり込もうとしてくること……マッドサラマンダーの攻撃よりも、溺《おぼ》れるほうが危ない」

故に防具を着けて怪我を防ぐより、裸《はだか》で水中での動きやすさを優先する人もいる。

と、彼は言いたかったようだ。

「裸にまでなる必要はないけどな。あれは漁師の若手の中でもお調子者のバカだ」

「脱《ぬ》ぐとしても下だけでいいよ。水に入るとしても膝《ひざ》くらい。腰《こし》より上に水が来るほど深いところには僕《ぼく》らも行かないから」

だったら俺は掃除用の防水胴《どう》付き長靴《ながぐつ》とツナギに着替《きが》えておこう。

「焚き火でよく体を温めておくのも忘れないように。そうしないと体調を崩《くず》すからね」

こうして準備と情報収集をしながら待ち、さらに5分ほどすると、いくつかの船が浜《はま》に到着。

漁師の方々が慌《あわ》ただしく駆《か》け回《まわ》り、用意された水面に続く2本の縄《なわ》を引き始める。

『ヨォー！　ヘイ！　ヨォー！　ヘイ！』

地引網《じびきあみ》、というやつだろうか？

独特の掛《か》け声《ごえ》と共に、縄を引いてじりじりと後退する男達《たち》。

水面には激しく不規則な波が立ち始め、やがて縄の先に網《あみ》が見え始めた、その時。

湖に浮かぶ小船の一隻《せき》が、明かりを高く掲《かか》げて円を描《えが》くように振《ふ》り始めた。

「来たぞォ!!　野郎《やろう》共ォ!!!」

『オーーーッ!!!!!』

ベテランだと思われる高齢《こうれい》の男性が声をあげ、続く浜辺《はまべ》の漁師達。

その視線の先には明かりを振っていた船に近づいていく影が複数。

船の明かりに照らされて、水面に波紋《はもん》を生んでいるのが見える。

「行け!!」

「通すなよ‼」

船上の漁師達は、手に棒や銛を取り、波紋目掛《はもんめが》けて攻撃を始めた。

最初は明かりを掲げた船から、船が組んだ半月型の隊列に沿って広がるように。

早くも数匹《すうひき》のマッドサラマンダーは船に引き上げられ、他も続々と仕留められている。

その間に浜辺の漁師達は縄をさらに強く引き、網と魚の回収を急ぐ。

そして引き手に加わっていない漁師は船上のように、銛を構えて突撃《とつげき》の体勢……って、

「順番とはいえ、冒険者の出番がない……というか船の上の漁師強っ」

「そらそうだ坊主《ぼうず》！　俺たち漁師は陸の魔獣《まじゆう》はよく知らんが、水辺の魔獣とは毎日のように戦うからな！」

「魔獣と獲物《えもの》を奪《うば》い合《あ》うときもあれば、魚の魔獣が漁の対象のときもあるしな」

「陸では冒険者のほうが強いかもしれんが、水辺や船の上なら漁師が最強よ！」

同じ焚き火で温まっていた数名の漁師さんが、俺の呟きを聞きつけて景気良く笑う。

そうか……この世界の漁師は魔獣とも戦うのか……

と思いつつ見ていると、船の隙間《すきま》を抜《ぬ》けたマッドサラマンダーが出てきたようだ。

先ほどの全裸の漁師が勢いよく湖に駆け込む。

マッドサラマンダーであろう波紋は、魚を捕《と》らえている網を目指している。

漁師はそれを予想して、進行方向で待《ま》ち伏《ぶ》せ。

網にたどり着こうとした1匹を、掛け声とともに横から銛で突《つ》き刺した！

「おっ！」

「今日の1匹目はデケェな！　手を貸せ!!」

「1人じゃ無理だ！」

銛で刺されたマッドサラマンダーが暴れ、水面が弾《はじ》けた。

そしてこれまで水の中に隠《かく》れていたその姿が露《あらわ》になる。

それは体長5メートルは下らない、巨大《きょだい》な〝サンショウウオ〟に似た生物。

トカゲのようでもあり、オタマジャクシに水かきのついた足が生えたようでもある。

それに裸の若い漁師達が3人がかりで銛を突き刺し、強引《ごういん》に浜まで引き上げる。

完全にその巨体《きょたい》を陸に上げた瞬間《しゅんかん》には、浜辺には集まった人々の歓声《かんせい》が轟《とどろ》いた。

「マッドサラマンダーは陸上でも死なないけど、動きは水中より鈍《にぶ》くなるし、何よりおぼれる心配がなくなるからね。まず水から引き上げて、あとはゆっくり止《とど》めを刺すんだ」

その光景を見ながらケイさんの説明を聞き、自分があれを実際に行うイメージを作る。

そうしているうちに、俺達《おれたち》の出番がきた。

「よし、リョウマがやってみろ！　ダメなら俺らでフォローするから」

「了解《りようかい》！　……行きます！」

現在の立ち位置は地引網の右側。

同じく右から抜けてきたマッドサラマンダーが1匹。

借りた銛を槍のように持ち、気を纏《まと》ってその1匹が向かう先へ突撃。

「！」

湖の水は凍《こご》えるほどに冷たいが、ツナギのおかげで中に染みてくることはない。

寒さは無視し、膝まで水に漬かる場所で待機。

タイミングを見て銛を突き出し、マッドサラマンダーの胴体《どうたい》へ穂先《ほさき》を深々と埋《う》め込む。

「!!」

当然の如く大暴れ。体長は3メートル程度だろう。

全体重をかけて激しく揺《ゆ》さぶられる銛をしっかりと掴《つか》む。

「ッ！」

水中。さらには子供の体だ。油断すると体が振り回されてしまいそう。

足場も砂で、むやみに動くと水に流されて滑《すべ》りやすい。

膝を曲げ、足の裏全体で掴むように踏《ふ》み込み、体を支えることを意識して。

「そぉぉぉぉいっ!!」

一気に浜へ引き上げる!!

「よーし！　よくやった！」

「そこで押さえてて！」

すかさず駆けてくるセインさんとケイさん。

浜辺に引き上げられたマッドサラマンダーは、２人に銛の持ち手側で打ちすえられて息絶えた。

同時に横をカイさんが走りぬけ、後続のマッドサラマンダーに襲い掛かる。

初討伐だが、それを喜んでいる暇はない。

素早《すばや》く定められた位置へ息絶えたマッドサラマンダーを運び、置いて戻《もど》る。

そしてカイさんが１匹引き上げてくるのと入《い》れ替《か》わりに、セインさんが湖へ。

６人を３人ずつに分け、交互《こうご》に捕獲《ほかく》と処理を繰《く》り返《かえ》す。

途中《とちゅう》に休憩《きゅうけい》（交代）を挟《はさ》むとはいえ、浜辺から湖へ走り、生きた重りを捕獲し、それを抱えて抵抗《ていこう》のある水中から浜辺へ駆け戻る。

10回20回ならまだ楽だけれど、これを〝昼ごろまで〟……いい鍛錬《たんれん》になりそうだ！

6章5話 村の昼食

マッドサラマンダーの討伐は体力の必要な作業の繰り返し。

それは想定内だが、ただ繰り返せば良いというほど単純でもなかった。

最初の網の引き上げが終わると、網の中から魚が籠《かご》に移される。その間は湖から浜へ上がる群れを通さないように。

籠に詰《つ》められた魚は処理場か他所の街へ行く船へ運ばれるが、そこを狙う集団も出てくるので、必要に応じて護衛や応援《おうえん》に出るなど、臨機応変に対応。

船の出航後に残る全《すべ》ての魚が処理場に運ばれれば、マッドサラマンダーの狙いも一点に集中するので、突撃してくる群れを相手に総力戦へ突入《とつにゅう》。

討伐が漁と並行して行われるため、常に変化する漁の状況《じょうきょう》に応じて動かなくてはならない。

そしてマッドサラマンダーはいったいどれだけいるのか……

勢いにはムラがあったものの、聞いていた通りマッドサラマンダーの襲撃は日が高く昇《のぼ》るまで続き、綺麗《きれい》な浜辺にはおびただしい量の死体が討《う》ち捨てられている……これが何日も続くというのだから驚《おどろ》きだ。

「うーし、後続なし。浜に転がってる奴《やつ》らを回収しろ！　撤収《てっしゅう》準備だ！」

『オー！』

まとめ役の男性冒険者の言葉で、淡々《たんたん》と討伐していた人々の声に活気が戻る。

最後の一仕事と気合を入れなおし、浜辺の死体回収に励《はげ》み、作業終了《しゅうりょう》。

「よっ、お疲れさん」

「カイさん。それに皆さんも、お疲れ様です」

「お疲れ～」

「今日も終わったな」

「リョウマ君は……大丈夫《だいじょうぶ》そうだね。いや、この仕事って慣れない人は大抵途中《たいていとちゅう》でへばるか逆に無理をしすぎるからさ」

「その歳で大した体力だ……」

「体力だけは自信がありますからね」

シクムの桟橋の皆さんも集まってきた。彼らはこれからどうするのだろう？

「俺達か？　とりあえず休むか昼飯だな」

「朝が早かったですし、そろそろいい時間ですね」

セインさんに言われて思い出したが、そんな時間だ。

「その後のことは食べながら決める時が多いし、まず食事にしようか」

リーダーのシンさんにそう言われ、納得して承諾《しょうだく》。

誰《だれ》かの家に帰るのかと思いきや、向かったのは先ほどまで守っていた、魚の加工処理場。

「姉貴ー、飯６人分くれ」

「あいよ！　座《すわ》っときな！」

大きく開かれた扉《とびら》から中に入るなり、気風の良い声が飛ぶ。

「あれっ、メイさん？」

「姉さんはここで、というかうちの村の女性は大半がここで働いてるんだよ」

「加工の仕事は午後もあるからな。いちいち帰ってそれぞれ飯の用意するより、ここでまとめて飯の用意したほうが楽だろう？　ってことで、漁師とその家族の昼は基本ここで食う」

「なるほど」

確かに、先を行く彼らについて入った大部屋では、既《すで》に大勢の男達が食事を始めている。

そして空いている席を見つけて座ると、ほどなくしてメイさんと俺と同年代の子供が２

人、料理が載《の》ったお盆《ぼん》を持ってきた。

「はいお待ち！　今日はおいしい野菜スープだよ！」

「おっ、野菜は珍《めずら》しいな」

「ありがとうございます」

「……おう」

？　なんだろうか？　料理を運んできてくれた男の子がこちらを見ていたような……

「どうかしたかい？」

「いえ、なんでも」

きっと俺が他所からきた子供だから気になったのだろう。

それより冷めないうちに料理をいただこう。

今日のお昼はパンと野菜のスープ。

スープは大きな具がゴロゴロしていて美味《おい》しそう。

「いただきます」

……うん。やっぱり美味しい。

具は大根、ゴボウにレンコンと、やはりカラシの風味。

この村に来てから、やたらと味覚に懐かしさを感じるなぁ。

「ふぅ……あたたまりますね」

「おっ。坊主、狩りに参加してたな。お疲《つか》れさん」

「あっ、お疲れ様です」

「おー、あのえらい勢いで走っとった子か。しっかり食えよ」

「ありがとうございます」

通りかかった人が声をかけてくれる。一仕事したことで認めてもらえたのか、それにしても街の人よりも気安いというか、距離感《きょり》が近い印象。村人同士に至っては、もう家族同然のよう。美味しい料理も相まって、とても温かい雰囲気《ふんいき》に包まれている。

街には街の、村には村の生活と問題があるのだろうけれど……老後はこんな村で生活するのもいいかもしれないな……

そんなことを考えながら料理に舌鼓《したつづみ》を打っていると、今後についての相談が始まる。

「リョウマ君はこれから何か、したいことはあるかい?」

「したいこと、でしたら明日以降の討伐に向けての準備を少々」

今日、実際にマッドサラマンダー討伐に参加した経験をふまえて、他の邪魔《じゃま》にならないように従魔を参加させたい。

「実際討伐に参加してみて思ったのは、まず相手が想定していた以上の数だったこと。今日僕たちが担当した範囲《はんい》では対処できていましたが、1回守りを抜けられていた場所もありましたよね？」

「ああ、あったな」

「今回は他所のチームでしたが、僕らが担当の時に対処しきれない数が襲ってくる可能性もあるので、もっと効率的に、より多くのマッドサラマンダーが一度に襲ってきても対応できるようにしておこうと思って」

「いいんじゃねぇか？」

「そうだね。僕も賛成」

「異議なし」

「俺もだ」

「よし、じゃあリョウマ君の手伝いをするということで」

と、すんなり話がまとまったが、いいのだろうか？

かつての会社でも新しい仕事のやり方は、必要な変更《へんこう》だとしても〝うちは今までこのやり方でやってきたんだ〟の一言で却下されたものだ。

さらに既存《きそん》のやり方の変更を訴《うった》える、ということを悪意的にとらえれば……

〝その効率が悪いやり方でやってきた俺達の立場は？〟

〝改善できることを改善しなかった、思いつきもしなかった俺達は無能と言いたいんだな？〟

〝お前、生意気〟

まぁ、これは極端《きょくたん》な例か……とにかく人は一度慣れたやり方を変えようとすると、抵抗を覚えやすい。だからもう少し抵抗があるのではないかと思ったが……

そう聞くと皆さんは苦笑《くしょう》して顔を見合わせ、シンさんが口を開く。

「今朝のやり方は漁師のやり方だからね。僕らみたいなこの辺の出身は同じやり方をするけど、冒険者ならそれぞれのやり方があるだろうし、必要な条件を満たしていればいいのさ。それに僕らも君の、他所の冒険者がどういうやり方をするか見て学べることもあるだろう。

下準備や日々の勉強、そういう基本的なことの積み重ねが大切だ……って、昔、先輩に言われたことがあるんだ。恥《は》ずかしながら、本当に実感して実行し始めたのは、君と会った旅から帰ってきてからなんだけどね」

あの時の彼らは下調べ不足で長旅の苦労が無駄《むだ》になりかけた。

おかげで俺はブラッディースライムを手に入れられたわけだけど、彼らはそこから色々と反省したようだ。

何にしても、柔軟《じゅうなん》かつ嫌味《いやみ》なく意見を聞き入れてもらえてよかった。

「ではもう少し質問を。今日見た限り魔法《まほう》を使っている人はいませんでしたけど、禁止ですか？」

「いや、単純にこんな田舎《いなか》の村じゃ魔法使《まほうつか》いがいないだけさ。冒険者でも魔法が使える奴らはもっと大きな村か街の防衛に行っちまう」

「あとは相手があの数だからね。魔力《まりょく》が持たないんじゃない？　報酬《ほうしゅう》はそれなりに出るけど、魔力回復薬を使うと儲《もう》けは少なくなるだろうし、下手をすると足が出るかも？」

「火は効果が薄い。雷《かみなり》の魔法に人が巻き込まれた。派手な魔法で大量に倒《たお》せたはいいが、魚が逃《に》げて漁の邪魔。毒は論外。そんな愚痴《ぐち》を子供の頃に聞いた。魔法には色々と注意が必要だと思う」

セインさん、ケイさん、ペイロンさんがそれぞれ返答。

2人が言ったようなことに配慮《はいりょ》は必要だが、魔法の使用はＯＫと。

こうして気になることを質問しながら食事をすませ、従魔――主にスライム達の運用方法を考えていく……

6章6話 リョウマの売り込み

昼食後。

マッドサラマンダー討伐が終わり、人がいなくなるはずの浜辺には、再び人が集まっていた。その顔ぶれには朝は見なかった幼い子供とご老人の姿も多く含《ふく》まれている。

この状況の原因は……間違《まちが》いなく俺の足元に群がる総勢１０００匹《びき》のポイズンスライムとスティッキースライム達。あとはその横で疲れきっているシクムの桟橋の皆さんだろう。

「どうですか？　うちのスライムはなかなかやるでしょう」

「た、確かに」

「つーかこいつら本当にスライムか⁉」

「俺の知ってるスライムの動きじゃねぇ……」

「同感」

「スライムってもっとこう、鈍くてちょっと叩《たた》けば潰《つぶ》れて、そもそも武器なんか使わないんじゃない？」

シンさん、カイさん、セインさん、ペイロンさん、そしてケイさん。

口々に疑問の声を上げているが、目の前にいるのは紛《まぎ》れもなくスライムである。

「色々教えたらこうなりました」

「教えたからって、こうなるかな……」

「想像していたよりもはるかに強いな。まさかスライムが槍を構えて、統率《とうそつ》の取れた動きをするなんて」

「何より数が多い」

「撥《は》ね除《の》けるにしても、あんな次から次にこられちゃさすがになぁ……しかも器用に核への致命傷《ちめいしょう》攻撃だけは避《よ》けやがるし」

「で、リョウマはこいつらをどう使う気だ?」

カイさん、よくぞ聞いてくれた!

「野生よりは素早く動けると思いますが、やはりスライムは機動力が弱点なので。彼らには加工処理場の防衛をさせたいですね。今見てもらったようにポイズンスライムによる複数層の槍衾《やりぶすま》で、マッドサラマンダーの突撃を迎撃《げいげき》。数を減らします。

またその槍衾にはあえて抜けやすい隙間を作っておき、進行ルートが絞《しぼ》れれば、そこでスティッキースライムを待ち伏せさせます。スライムは打撃力《だげきりょく》も凄《すご》く強いわけではありませんが、棒の重さと遠心力、あとは待ち伏せで10対1や5対1。とにかく複数でタコ殴《なぐ》りにすれば倒せるかと。

　また、倒せなかったとしても殴られた分だけマッドサラマンダーは弱るはず。そこを人間が狙えば倒すのはもっと簡単になるはずです！」

「ああ……」

「なんか、人が変わったみたいだね」

「そういや初めて会った時もこんな感じだったか」

「でも待ち伏せて袋叩《ふくろだた》きなら、確かに倒せるかもな」

「倒せなくても数を減らすか、全体の勢いを殺せればいいわけだ」

　セインさんとシンさんの仰《おっしゃ》る通り。

　だけどそれは槍衾と隙間への誘導《ゆうどう》が機能して、さらに維持《いじ》できる場合のこと。

　槍衾で群れを止められない。隙間への誘導がうまくいかない。最初はよくても後続で崩《ほう》壊《かい》する。

　そんな場合に備えて、もう一手。

「『ディメンションホーム』」

　浜辺へ新たに呼び出したのは、お馴《な》染《じ》み6羽《わ》のリムールバード達。そして魔法の使えるアーススライム、ウインドスライム、ダークスライム、ライトスライム、ヒールスライムの5種類。

　俺が魔法を使うのは主に日常生活。戦闘ではあまり使わないほうなので、彼らもあまり目立って活躍《かつやく》する機会がなかったけれど……実は彼らは毎日、とても真面目《まじめ》に魔法の訓練をしていたりする。

　だからこそ、能力は十分。

「ヒールスライムは回復要員。ライトスライムはサポート要員として。残る彼らには後方から必要に応じて、魔法で援護《えんご》射撃《しゃげき》をしてもらおうと考えています」

「魔法が使える魔獣はランクが高いか珍しいって聞いたんだが、こんなに持ってたのかよ」

「しかもほとんどスライムだし」

「ここまでくると感心するな」

　なんだか俺を見る目が変わってきた気がするが……言うべきことはまだある！

「ちなみにこちらのダークスライムなんですが……なんと、ついこの前中級魔法の〝ダークミスト〟を習得したんです！」

　ダークスライムの使う闇《やみ》属性の攻撃魔法《こうげきまほう》は他の属性とは異なり、直接的に肉体を傷つけることなく〝生命力を奪う〟。ダークミストはそんな生命力を奪う闇を霧状《きりじょう》にして広範囲《こうはんい》へ散布する魔法である。つまり、1回の発動で複数匹をまとめて退治することもできる！

……らしい。

つい先日お世話になった公爵家《こうしゃくけ》で読ませていただいた闇魔法《やみまほう》の本、それも魔法ギルド監修《かんしゅう》と書かれていたので、情報源としては信頼《しんらい》できるはずだ。

「ただ正直なところその魔法、ダークスライムが習得してから本当に日が浅くて、丁度良い敵がいなかったので実験もしてないので、この機会に試《ため》させてほしいです」

「こちらに被害《ひがい》は出ないだろうね？」

「その点には十分注意します。最前線で撃《う》たせれば人的被害は出ないと思いますし、広範囲といっても人が5、6人並んで入れる程度なので、むしろマッドサラマンダーを上手《うま》く効果範囲に収める努力が必要かもしれませんが……」

槍と棒で戦うポイズンスライムやスティッキースライム。魔法での援護もあるし、仕事に支障は出ないだろう。

「あとは……」

高速移動が可能なメタルスライムやアイアンスライムの戦力も加われば、万全と言えたところだけど……金属系スライムの体重と砂地は、思った以上に相性《あいしょう》が悪い。

彼らの移動方法は体の後ろ側を一部、わずかに変形させ、ジャンプするように勢いをつけて転がるもの。下が浜辺で足場が悪いのはわかっていたが、実際に試してみると真《ま》っ直《す》ぐに進むのも難しいようだ。

それが悔《くや》しかったのか、現在彼らは彼らで砂浜《すなはま》の走り込み？　を始めたが、その後にポイズンスライム、スティッキースライム、魔法を使えるスライム達と、順に皆さんへ紹介《しょうかい》し終わった今でも、ちょっとは慣れたかな……という程度。これでは戦えない。

しかし、彼らはこれまで俺の〝武器〟という形で、常に戦闘に参加していたからだろうか？　参加不可を伝えようとしたところ、2種類のスライム達から不満を感じる。

なんとか参加させてあげられないか……形を変えてバリケードにはなってくれるか……

「おーい」

「今度は考え込んじまった」

「真面目でいい子だけど、結構変わった子でもあったんだね」

「……かなり村人が集まっているが」

「リョウマ君はこの調子だし、現状の説明だけでもしてこようか」

この後、気づくと集まっていた村の人々に〝スライム好きの変わり者〟と認識《にんしき》されていた……解《げ》せぬ……。

6章7話　ちょっと一息……？

スライムの実験を村の人々に目撃《もくげき》されたせいで、スライム好きの変わり者としての認識が広まってしまった。おかげで浜から帰る道中は、人とすれ違《ちが》うたびに〝スライムの子〟とか〝スライム君〟と声をかけられる。

別に嫌《いや》ではないのだが、どうも納得《なっとく》できない。

「スライム好きは否定しませんが、なぜ〝変わり者〟なのか。スライムの能力を知れば、もっと皆《みな》さん興味を持ってもいいのでは？　僕は知れば知るほど興味深くなるのに……ポイズンスライムを例にしても、皆さんが思っているようなただ毒を出すだけの単純な生き物ではなくて、今回のような場合にはあえて毒を使わず槍で戦うこともできる。種類によっては幅広《はばひろ》く、便利で役に立つ生物なのに」

「いや、普通《ふつう》のポイズンスライムは毒だけだろ」

「そこはスライムの可能性ですよ。……理解が得られないのはもしかして、僕にプレゼン能力が欠けているから？」

「よくわからないけど、たぶんそういうことじゃないと思うな」

「村人のほとんどが覚えてくれただろうし、話は早く済んだから良かったじゃないか」

それは確かに。

何事にも報告・連絡《れんらく》・相談は重要で、従魔《じゅうま》を利用した防衛策に限らず、既存の方法以外でマッドサラマンダー討伐に参加する場合、現場での混乱を防ぐために、冒険者のリーダーや村の人々にも許可を取っておくのが望ましい。

本来なら冒険者のリーダーや漁師の代表者をはじめ、いろいろな所に説明に向かう必要があったけれど、今日はあの場に多くの人が集まっていたことで説明や同意を得るまでがスムーズに進んだ。

それも〝ポイズンスライムに毒を出させないように〟と念押《ねんお》しされた以外には特になにも言われず、明日の漁と討伐で俺とその従魔達《じゅうまたち》、そしてシクムの桟橋の皆さんに、まずは1日加工処理場とその周囲の防衛を任せてくれるという話でまとまったのだ。

明日の狩りが上手くいけば、他の冒険者は加工処理場を気にしなくていい。

つまり走り回る範囲が減って楽になるし、漁の成果を守ることに集中できるだろう。

「ん？」

皆さんと話しながら歩いていると、ペイロンさんが急に立ち止まった。

「どうした？」

「呼ばれた」

セインさんの問いに簡潔に答えた彼は、たった今歩いてきた道へと目を向ける。

視線を追って俺《おれ》も後ろを見てみると、誰だろうか？　まだ小学校低学年くらいの男の子がこちらに向かってバタバタと走ってきていた。

「あん？　ありゃニキか？」

「まってー！　スライムの兄ちゃん！」

「えっ、僕に用？」

ニキ？　という村の子に自分が呼ばれた。しかし心当たりはない。

疑問に思いつつも、足はそちらに向いて何気なく一歩。

「あっ！」

「リョウマ君気をつけて！」

「へっ？」

「――！　これあげる！」

シンさんとケイさんの注意を促《うなが》す言葉に気をとられた瞬間、男の子はこちらに何かを投げてきた。

放物線を描いて飛んでくる物体。それは小さく、丸く、緑色。泥《どろ》で汚《よご》れたボールのような胴体からは、空にたなびく足が８本――タコのような生物だった。

「おっ、とわっ⁉」

思わず飛んできたタコ？　を受け止めると、受け止めたタコ？　が墨《すみ》を吐《は》いた。

「あちゃー、遅《おそ》かった……」

「大丈夫か？」

「ええ、大したことは」

「こぉらっ！　ニキ！」

「他所から来た人には悪さをしない約束だったろうが！」

墨にまみれた俺を見た少年は、一目散に逃げていく。

「ああっ！」

「⁉」

今度は何かと思えば、すぐそこの曲がり角からお婆《ばあ》さんがこちらを見ていた。

「なんだ婆様《ばあさま》か。ニキの奴を追いかけてきたのか？」

「やっぱり！　カイ坊、あの子がここに来たんだね？　坊《ぼう》やのその服も、ごめんなさい」

お婆さんが申しわけなさそうなので、問題ないと伝えた上でディメンションホームを使用。

お馴染みのクリーナースライムを呼び出し、服と体についた墨を素早く吸収してもらう。

「あれまぁ……便利だねぇ」

「そういえばリョウマは洗濯《せんたく》屋の経営もやってたんだったな」

「忘れていた。オクタの墨くらいは問題ないか」

セインさんとペイロンさんが思い出したように笑う。

若干雰囲気《じゃっかんふんいき》が明るくなり、この通り綺麗になったので、と改めて気にしないよう伝えると、そこでようやくお婆さんも安心したようだ。

「それじゃ悪いけど、もう行くわね。あの悪戯坊主《いたずらぼうず》を捕《つか》まえないと。もしまた来たら」

「その時は捕まえておきます」

「頼《たの》んだよ、シン坊。……あの子、どっちへ行ったかね？」

「あっちだよ」

聞くや否《いな》や、お婆さんはケイさんに示されたほうへ走っていく。

……あのお婆さん、だいぶ高齢に見えたけど、あんなに慌てて大丈夫だろうか？

「心配しなくていいよ。いつものことだから」

というケイさんたちから話を聞くと、先ほどのニキという子は村一番のイタズラ小僧《こぞう》。

この時間帯は親が仕事で、漁や加工処理場での仕事を引退した高齢な方々に預けられている……けれど、しょっちゅう世話役の人の隙《すき》を見て、脱走《だっそう》してはちょっとしたイタズラをしているそうだ。

「しかし、村人以外にイタズラをするのは珍しいな」

「そうだ。先ほど約束があると言ってましたね」

「ああ。村人以外へは悪さをしない。それだけはニキに限らず、子供には徹底《てってい》して言い聞かせてあるんだ。悪さをするのはいいとしても、村人だけを対象にしろってな」

「村人以外には迷惑《めいわく》なのももちろんあるけど、相手がどんな人かわからないからね」

「今回はリョウマで笑って許してくれたから良かったが、変な奴だと本人や周囲に身の危険があるかもしれないからな」

「大人も目を配っているが、子供にも危険なことは理解させる必要がある」

確かに、それはそうだろうな……

考えていると、手首に何かが巻きつく感触《かんしょく》。

「あっ、そういえばコレはどうしましょう?」

流れでタコ、じゃない。オクタを持ったままだった。

「んー、別に返す必要はないと思うし、食べちゃう?」

「あ、やっぱり食べられるんですね、これ」

「茹《ゆ》でて食う。美味《うま》いぞ」

「そういえば小腹が空いてきたな」

「確かに。でもそのサイズ1匹じゃなぁ」

「だったらちょうど良いものがありますよ！」

『良いもの？』

とりあえず道端《みちばた》では邪魔になるので、ひとまずカイさんたちの家へ戻ろう。

■■■

そして帰宅後のキッチン。

取り出したのは丸い窪《くぼ》みのある鉄板。

「おいおい、なんかデカイの出てきたな」

「魔石がついてる。これ魔法道具？」

「その通り！　知人の職人さんに依頼《いらい》して作ってもらった〝たこ焼き器〟です」

クレバーチキンの件で卵が大量に手に入る目処《めど》が立ったので、料理の幅《はば》が広がる。そう考えると色々と欲《ほ》しい調理器具が出てきてしまい、ディノーム工房《こうぼう》に相談して色々と作ってもらったのだ。

目の前のたこ焼き器はそのうちの1つ。他にも〝鉄板だけで〟たい焼き用、今川焼き用、お好み焼きや焼きそば用がある。説明の際にうっかり縁日《えんにち》などで使われる大型の機器を絵に描《えが》いてしまい、すべて業務用サイズになったのはご愛嬌《あいきょう》だ。

「材料は足りるか？　家にあるものなら適当に使ってくれよ」

「ありがとうございます。大体は手持ちで足りますが……出汁《だし》に使えそうなものが欲しいですね」

「出汁っつーと……この辺じゃね？」

戸棚《とだな》から様々な魚の干物《ひもの》が出てきた。

「あとはこれだな」

「？　このビンは？」

「魚汁《うおしる》っつって、魚の加工品だよ。スープとか色々な料理に使うんだ」

「魚汁……もしかして。少し舐《な》めてみても？」

「いいぜ」

ビンの蓋《ふた》を開けて、中身を数滴《すうてき》手の甲《こう》に。

思ったよりサラサラした液体だったので、こぼれないよう素早く舐める。

「!!」

口に広がる塩気、独特の風味に濃厚《のうこう》なうま味……やっぱり〝魚醤《ぎよしよう》〟だ！

そのものの癖《くせ》もあまり強くないし、魚醤の独特な風味や臭《くさ》みは加熱に弱い。

俺も昔は隠《かく》し味《あじ》としてよく使っていた。

……先日からいただくスープに懐《なつ》かしさを感じたのは、これが原因か？

なんにしても、この魚醤と干物があれば美味しいものが作れそうだ！

まずはオクタを絞《し》めてクリーナースライムに預け、泥や墨の汚れとぬめりをしっかり落としてもらう。そのうちに出汁の用意と、沸騰《ふっとう》させたお湯を用意。

沸騰したお湯には塩を入れ、綺麗になったタコを良く揉《も》んでから投入。先からくるりくるりと巻かれていく足を見ていると、体色も緑から鮮《あざ》やかな赤になっているようだ。こうなると完全にタコにしか見えない……美味しそうだし、また手に入れたいな。

居間で寛《くつろ》ぎはじめた皆さんに聞いてみるか。

「このオクタも漁で取れるんですか？　今朝の網《あみ》では見ませんでしたけど」

「えっ？　オクタがとれるのは湖じゃなくて森だよ」

「あっ、森なんですね……森!?」

「何を驚いてるんだ？　オクタがいるのは普通森だろ」

「木の上。木のウロ。泥の中。種類によって場所は変わるが、陸上にいる」

「当たり前のように調理してたから、てっきり知ってるものと思ってた」

「リョウマの地元には水中で生きるオクタがいるのか？」

「そうですね……僕《ぼく》の知ってるタコは水中の生物でした」

オクタはタコと違って陸生生物らしい。

やっぱり似てても別の生物なんだなぁ……っと、そろそろいいか。

串《くし》を刺《さ》して茹《ゆ》で上《あ》がったことを確認《かくにん》し、鍋《なべ》からオクタを引き上げる。あとはこれをぶつ切りにして、たっぷりの卵と小麦粉、こっそり錬金術《れんきんじゅつ》で精製した小麦のでんぷん粉（じん粉）、だし汁《じる》で生地《きじ》を作れば準備完了《かんりよう》！

鉄板の魔法道具を起動し、十分に温まったら窪みに生地を流し込む。中に入れる具はオクタのみ。生地が柔《やわ》らかいので箸《はし》を使って形を整えながらひっくり返す。箸から伝わる感触から、ふっくらと焼き上げられているのがわかる。

焼きあがったらお皿に乗せ、だし汁に魚醤と薬味を加えて煮立《にた》たせたつけ汁を添《そ》えて……完成!!

「お待たせしました！　〝明石焼き《あかし》〟です！」

ソースの手持ちがないので、お出汁でいただく明石焼き。

出汁とつけ汁はこちらの材料で作ってみたけれど、どうだろうか？

「ほー。ずいぶん柔らかいというか、またスライムみたいな形だな」

真っ先に食べ始めたのはセインさん。豪快《ごうかい》に1つをつけ汁に浸《ひた》し、そのまま口に放《ほう》り込《こ》む。

「あっ！　……！　おお！　美味ぇ！　一瞬《いっしゅん》熱かったけどな！」

「いきなり口に放り込むからだよ……確かに美味しいね」

次いで口にしたシンさんからも美味しいと言っていただけた。

「……口に入れると溶《と》けていくようだ。味が広がる。オクタの切り身の歯ごたえもいい」

「おいリョウマ、こいつかなり気に入ったらしいぞ」

「やさしい味だね。小腹が空いたときにちょうどいい感じ」

ペイロンさんは表情があまり変わらないので心配になったが、カイさん曰《いわ》くかなり気に入っていただけたらしい。ケイさんの口にも合ったようで、次々と皿が空いていく。

自分も一口……うん、卵と出汁に魚醤のうま味。味も食感も柔らかくて、心も体もじんわり温まる。寒い日にはちょうどいい一品だ……

「ホイさんいるかい⁉　カイ坊！　ケイ坊‼」

「んぐっ⁉」

気分がほっこり、まったりしていたところに、突然鬼気迫《とつぜんききせま》る人の声が聞こえてきた。

どうやら外でかなり慌《あわ》てているようで、扉もバンバン叩かれている。

呼ばれた2人が何事かと顔を見合わせながら出て行くと、先ほど見かけたおばあさんの姿が見える。

「カイ坊！　ケイ坊！　あんたら、あの子、ここに」

「落ち着けって婆さん。息切れしてんじゃねぇか」

「そうだよ。何が言いたいのかわからないよ」

「あの子を、ニキを見てないかい？」

「あの時から、見てないよな？」

「うん。僕らが家に帰るまでには見かけなかったし、あの子がここに来たわけでもないしねぇ……いったい何があったの？」

ケイさんの問いに、お婆さんは深く息を吸って、搾《しぼ》り出《だ》すように一言――

〝いなくなった〟

――そう答えた。

6章8話　秘密基地

「見つかったか⁉」

「ダメだ、そっちもダメそうだな……」

「あのイタズラ小僧め、何処《どこ》に行ったんだ？」

村の中心部にある広場には、いなくなったニキ少年を探す大人達《たち》が、絶え間なく出て行っては戻《もど》りを繰《く》り返《かえ》している。そんな大人達の中には、シクムの桟橋《さんばし》の皆さんもいた。

「リョウマ！　そっちはどうだ⁉」

「セインさん……少なくとも村の近くで、湖に出ている船はありません。他所の村の漁船は数隻《すうせき》見ましたが、どれも子供は乗せていませんでした。また、村の出入り口から続く道にも子供の姿、または隠れられる馬車もないです」

俺もリムールバード達に協力を頼み、視界を共有。

村の外を中心に高いところから捜索《そうさく》しているが、成果は出ていない……

「そうか……おっ！　ペイロン！　そっちはどうだ？」

「村の船は全《すべ》て所在が確認できた。また、今日は他所から来た船もないそうだ」

「つーことは、湖にはいねぇってことか？」

ニキ少年が最後に目撃されたのは、俺にオクタを投げつけた直後だと見られている。

一度捕《つか》まえて叱《しか》りつけたところ、反抗《はんこう》してそのまま姿を消したそうだ。

それから既《すで》に4時間は経過。冬になり日も短くなっているので、外は暗くなり始めている。

「……誘拐《ゆうかい》でなければな……」

「確かに、何もなきゃこの時間には帰ってくるよな……」

「そうなんですか？」

「あの子は……イタズラの常習犯だが、いつも暗くなる前には帰ってきた。たとえ怒《おこ》られることがわかっていても」

「最低限の言いつけは守ってたからな。俺らも昔は悪さをした覚えがあるし、本当に危ないことは言ったら聞く。だから、いつも拳骨《げんこつ》1つと軽い説教で見逃《みのが》してたわけだし」

へそを曲げてどこかに隠れているだけならいいが、何かが起こった可能性も否定できない。

「ごめんよぉ、私がちゃんとあの子を捕まえていれば」

「悪いのはうちの息子《むすこ》だよ。あんまり思いつめないで」

「ったくあの馬鹿《ばか》！　自分で悪さしといて、叱られたら逃げるなんてどういう了見《りょうけん》だっ。見つけたら徹底的《てっていてき》に絞ってやる！」

荒々《あらあら》しい声が聞こえたほうを見てみると、そこにはまだ若い男女が一組。会話の内容からしておそらくニキ少年のご両親だろう。２人の体に隠れてほとんど見えないが、昼間にニキ少年を探していたおばあさんもいるようだ。

おばあさんは広場にある古くてボロボロな、お地蔵様を安置する仏堂のようなものに向かって手を合わせ、泣いている。それだけ後悔《こうかい》、そして心配しているのだろう。

とにかく、早く見つけてあげたいが……村の中、街道《かいどう》、湖、そのどこでも見つからないとなると、残るは村のほぼ全方位を取り囲む森しかない。おまけにその森は冬にもかかわらず、元気に枝葉を広げている。

試しに街道を捜索していたゼクスとフュンフに指示を出してみるが……厚い葉の層が空からの視線を遮《さえぎ》っている。中に入ると、多すぎる枝で飛びづらいらしい。残念ながらリムールバードの力を借りるのも難しそうな環境《かんきょう》だ。

何か手がかりが欲しい……俺が子供の頃《ころ》はどうだった？

親父《おやじ》と反りが合わなくなってからは、何度か似たようなことがあったと思う。

たしかあの時は……家出をしたとしても、行き場がなかった。

行き着く先は適当な公園とか……そうだ、遠くに行こうとしても子供の脚《あし》では移動できる範囲も限られた。自分自身でその時は遠くまで来たと思っていても、実はそれほど家から離《はな》れていなかったりもした。

そういえば、家出をして友達の家に転がりこんだ子の話を聞いたな……俺にはそんな友達いなかったけど。……結局のところ、それなりに馴染みのある場所で身を潜《ひそ》める子が多い、ということだろうか？

森でニキ少年の馴染みの場所……ん？　森といえば、

「セインさん、ペイロンさん、昼に食べたオクタって、森にいるんですよね？」

「あ？　そうだけど、急にどうした？」

「あのオクタは元々、ニキ君が僕に投げつけてきたものです。だけど彼《かれ》はそれをどこで調達したんでしょうか？　大人がイタズラのために与《あた》えるとは思えませんし、自分で用意したなら彼は僕らと会うまでに〝1回森の中に入って、オクタを獲《と》って〟戻ってきたのでは？」

「……言われてみれば、そうかもしれない」

「そういやあのイタズラは比較的《ひかくてき》よく見るほうだが、家の夕食用とかのを盗《ぬす》んで使ったって話は聞いたことねぇな……ちょっと確認してくる」

セインさんが先ほどの男女とお婆さんのところへ走り、少しして戻ってきた。

彼の後から話を聞いた3人もついてきている。

「リョウマ！　やっぱりイタズラ用のオクタはニキが自分で調達してたらしい！」

「その調達場所ってわかりませんか？」

「それならたぶん東だよ。あの子、薪《まき》が足りなくなると自分から取りに行くって言っていたから、きっとその時に準備をしてるんだろうと」

お母さんから情報が出てきた！

「うちの馬鹿は東の森にいるのか？」

先ほど荒々しい声をあげていたお父さんは、一転して焦《あせ》ったような声で聞いてきた。

息子に怒《いか》りは覚えているが、それはそれとして、息子の無事は心配なのだろう。

「確証はありませんが子供、いいえ、僕が息子さんの立場なら、人目がなくて慣れ親しんだ場所に身を隠すと思います」

ガナの森で毎日のように狩《か》りをしていた経験から言わせてもらうと、狩りというのは適当に森に入れば獲物《えもの》が見つかるような、簡単な仕事ではない。

大抵《たいてい》の獲物は人が近づくと匂《にお》いや気配を察知して素早《すばや》く逃げてしまうから、近づくときは風向きに注意したり、事前に通り道を見つけて罠《わな》を張ったりと工夫《くふう》が必要になる。さらに安定して成果を挙げようと思えば、経験も必要になってくる。

ニキ少年はイタズラのために、しょっちゅうオクタを捕まえていた。

なら東の森の中にオクタ捕《ど》りの穴場かなにか、慣れ親しんだ場所があるのではないだろうか？

あくまでも、俺が彼の立場ならそうする、という話だけど……

「いいじゃねぇか。どうせ他に手がかりもないんだし、ここでウダウダ言ってるより行ってみようぜ」

「ちょうど良い。シン達も戻ってきた」

ここでシクムの桟橋の残り３人が合流。

「よし、行くぞ！」

「は？」

「何の話？」

「セイン？　説明して欲しいんだけど」

「歩きながらでもできる。とりあえず東の森へ」

「僕も行きます！」

事情を知らない３人に説明しながら、俺達《おれたち》は東の森へと向かう。

■
■
■

到着《とうちゃく》する頃には完全に日が暮れて、森の中は真っ暗になっていた。

「オクタ捕りの穴場があるとすれば、それなりに奥《おく》へ入ったところだと思う」

「同感だ。オクタは臆病《おくびょう》で、ある程度人の生活圏《せいかつけん》から離れたところに多いからね」

ケイさんとシンさんが、オクタの生態から範囲《はんい》を絞ってくれた。

「なるほど。逆にこれ以上先には行かない、そういうルールは」

「それなら〝飛び出し岩〟までだな」

「湖に面した崖《がけ》の一部が、湖のほうへ張り出てるところだ」

「ある程度奥まで一気に行こうぜ。リョウマ、見通しが悪いからはぐれるなよ！」

セインさんとペイロンさんの追加情報。

そしてカイさんが先陣《せんじん》を切って森に突入《とつにゅう》。

光魔法《まほう》の明かりを頼《たよ》りに、森の木々を掻《か》き分《わ》けて前進すると……

「！　何か聞こえませんでしたか？」

「何？　……本当か？」

「いや、俺にも聞こえた。ニキかどうかはわからねぇが」

「魔獣《まじゅう》の可能性もある。慎重《しんちょう》に進むぞ」

シンさんの言葉に従って音のしたほうへ進むにつれて耳に届く音は大きくなり、やがてその原因も判明する。

「この声、ほぼ間違《まちが》いなくゴブリンですね。5匹《ひき》くらいだと思いますが、だいぶ興奮しているみたいです」

この暗闇《くらやみ》の中、光は目立つはずなのに、近づいてくる気配がない。

それよりも何かに注意が向いているようだ。

「興奮ってまさか、あの子もそこに？」

「……子供の声は聞こえないが」

「いないって事であってくれよ……」

「……どのみち村の近くにいるゴブリンは放っておけない。行けるな？」

「念のため準備してきてよかったぜ」

5人がそれぞれ武器を構え、俺も小太刀《こだち》になってもらったアイアンスライムを装備。

さらに進み、姿が見えるほどまで近づくと、

「ギギッ！」

「ギィ！　ギィ！」

「来るぞ！　油断するなよ！」

『応ッ！』

森の木々の中でも特に太い1本を取り囲むように、騒《さわ》いでいたゴブリン達はこちらに気づくと向かってきた。だが彼らは丸腰《まるごし》で、シクムの桟橋の皆さんはゴブリン相手に苦戦するほど弱くはない。

……故《ゆえ》に戦いは一瞬だった。

全てのゴブリンが派手に血を撒《ま》き散《ち》らしながら倒《たお》れると、森は再び静かになる。

「……これだけみたいだな」

「ニキ君は？」

「おーい！　ニキ！　いるか⁉」

セインさんが声を張り上げると。

「……あ……」

「おい今の」

「ああ！　確かに聞こえた！」

「でもどこから？」

「出てきてくれ！　……返事をしてくれ！」

周囲はもちろん、木の上にも目を向けるが、子供が隠れている様子はない。

しかし、声は確かに聞こえた。

横でも上でもないとなると……まさか、

「『アースソナー』……!!」

以前開発した地中探査用の魔法を使用。

地面が純粋《じゅんすい》な土ではなく泥だからか、いまいち距離《きょり》が広がらない。

しかし、

「何だ？」

「リョウマ君、どうしたの？」

「魔法で調べました、この木の下に広い空洞《くうどう》があります」

「なんだって!?」

「空洞って、じゃあどこかに入り口か何かあるの？」

「っ！　ここに穴があるぞ！」

「マジかよ！」

「狭《せま》くて入れんし、ろくに先が見えないが……」

「代わってください、僕なら何とか入れるかも」

ペイロンさんの見つけたのは、マングローブのような木の根の隙間《すきま》。

地面に張り出た根が絡《から》み合《あ》う中に、ひっそりと泥の掻き出された空洞があった。

動物の巣穴のようにも見えるそれを覗《のぞ》き込むと、狭い空洞は奥へと続いている。

子供の体を活《い》かして穴に潜《もぐ》るが、この道は俺でもギリギリだ。

頭を上げる隙間もないので、ひたすら匍《ほ》匐《ふく》前進で進んでいく。

「そういえば昔、自衛隊研修って、あったな」

新入社員の研修に自衛隊への体験入隊を取り入れる企業《きぎょう》があるらしいが、前世の会社でもそれを取り入れよう！　という意見が一時期あった。

そしてそれを検討するために、〝休日返上で実際に体験してこい〟という本来の業務とまったく関係のない業務命令を受けて参加した体験入隊……ぶっちゃけ普段《ふだん》の仕事より楽だった。

もちろん体験入隊ということで手加減もあったのだろうけど、体力面ではまったく問題がなかったし、何より指示が明確でわかりやすいのが良かった。

うちの課長の場合、指示が具体的でなく曖昧《あいまい》でわかりにくいため、仕事を与えられてからもう一度確認《かくにん》を取り、情報を引き出してからでないと、なにをどうすればいいのかわからない。

確認を取る段階でいちいち言われなくてもわかれよと怒られるが、想像でやって間違っても後で怒られる。挙句の果てに言われた通りの仕事をしても、最初の指示が間違っていたために、やった仕事も間違っていて怒られるという理不尽《りふじん》もある。

それに比べれば、自衛隊の指示は明確で、さらに適切でちゃんと従えば否定されることがなく、素晴《すば》らしいと俺は心から思った。そして同時に、研修でこんな指示に慣れてしまってはうちの会社では働けないとも思った。

研修後に求められたレポートでは〝自衛隊研修を取り入れる意味は感じられない、むしろ逆効果だと思う〟という内容を遠まわしに書いたっけ……もちろん自衛隊を否定してるわけじゃないけど。

「おっと……」

緩《ゆる》やかに曲がりくねる道を進んだ先に、灯《あか》りが照らし出したものを見て驚《おどろ》いた。

そこにあったのは……〝扉《とびら》〟。

木の枝を並べて結びつけたすだれのような……簡素なものだけれど、間違いなく人の手で作られたもの。

「なるほど、ただの穴じゃなくて、ニキ君の〝秘密基地〟だったわけか……そりゃ見つからんわ」

よくもまぁこんな所を見つけて作ったものだと感心しながら、声をかける。

「リョウマ、じゃわからないかな？　スライムの兄ちゃんです。ニキ君、そこにいるよね？」

「……」

返事はないが、中から多少の音が聞こえる。

扉に鍵《かぎ》のようなものはついていないので、そっと押《お》してみる。

すると扉はあっさりと開く。

そしてその先に……見つけた。

「ニキ君！」

「……」

6章9話　理解者？

秘密基地と思われる空間にも光源はあるけれど、魔法の光よりだいぶ弱くて薄暗《うすぐら》い。

そのせいだろう。ニキ少年は壁際《かべぎわ》でひざを抱《かか》え、こちらを眩《まぶ》しそうに見ている。

座《すわ》り込んで動かないが、苦しんでいる様子はない。

「無事そうで良かった。怪我《けが》は？」

「……大丈夫《だいじょうぶ》」

「本当に？」

「う……逃《に》げるときに足を捻《ひね》ったけど、歩けないこともないし……」

「そうか」

〝逃げるときに〟ってことは、ゴブリンに追われてここに逃げ込んだんだな。

「捻った足を出してもらえる？　一応回復魔法を使えるから」

もうゴブリンも退治したし、治療《ちりょう》して帰ろう。

そう続けると、彼は体を一瞬硬直《いっしゅんこうちょく》させて、出そうとしていた右足を引っ込めてしまう。

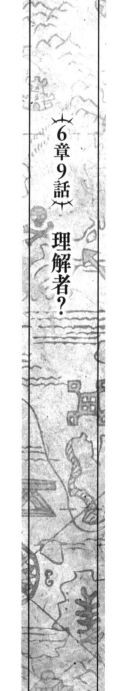

「……ない……」

「えっ？」

「帰りたく、ない」

「リョ……君！　……のかい⁉」

何かを思い出したように、か細い声で呟《つぶや》いたニキ少年。

その声とほぼ同時に、後ろから聞き取りづらいシンさんの声が聞こえた。

帰りたくない……どう対応するにしても、まずシクムの桟橋の皆《みな》さんに連絡《れんらく》しておくか。

「『ウィスパー』……皆さん聞こえますか？　リョウマです。お互《たが》いに声が聞こえづらいと思うので、こちらからは風魔法を使って声を送っています」

「ちゃん、聞こ……ぞー‼」

「聞こえているようで良かったです。それから現状の説明ですが、ニキ君を発見しました。見たところ元気で、怪我もしていないようです。ただ――」

事情を説明すると、また外から声が聞こえてくる。

今度はどうやら皆さんで声をかけているようだが……混ざって余計に聞き取れない声になっている。それでも、声の調子でニキ君に対して、出て来なさいという呼びかけなのはなんとなく感じられる。

そして、その呼びかけは逆効果だったようだ。

「うるさい！　うるさいうるさい!!　誰《だれ》が何を言っても、俺《おれ》は絶対に帰らないからな！　どうせ信じないなら、話す意味もない！」

強く呼びかける声に対して、抵抗《ていこう》するように声を荒《あら》らげるニキ君だけれど、その顔はうつむき、声はどんどんと涙声《なみだごえ》になっていく。

……ここは狭くて逃げ場もないし、ニキ君をこの場で取り押さえるのは容易《たやす》い。ディメンションホームに放り込んでスライムに一時拘束《こうそく》してもらい、村でご両親に引《ひ》き渡《わた》せば行《ゆく》方《え》不明の騒動《そうどう》は収まる。

とはいえ、そのやり方ではきっと親元で今と同じことを繰り返すだろう。

こんな秘密基地を自分で作ったのなら、かなり行動力もある子だと思う。

もしかしたら二度目の家出を決行するかもしれない。

「……すみません皆さん。ちょっと落ち着いて話してみたいので、しばらく待っていただけますか？」

お節介《せっかい》かもしれないが、自分が説得してみるから、少し待っていてほしいと地上の５人に頼み込む。

すると上で相談したんだろう。しばらくして、リーダーのシンさんから了解《りょうかい》が得られた。

お礼を言って、今度はニキ少年に近づく。

「少し時間をもらったから、落ち着こうか。そういえばここ、ニキ君が1人で作ったのかい？　すごいな」

この秘密基地は入り口こそ這《は》わないと通れない狭さだけれど、秘密基地の中は意外と広々としていた。立ち上がってもギリギリ頭を擦《こす》らずにすむ。

おそらく……木の根の隙間に入り込んでいた泥《どろ》を掻き出し、さらに根もいくらか切り出してスペースを作ったんだろう。そして切った根や外から持ち込んだ枝葉を、まだ生きている根の間に張《は》り巡《めぐ》らせて補強しつつ泥の流入を防いでいる。

荒さは目立つけど、ニキ君の歳で、魔法を使わずにとなると、相当な大仕事になるはずだ。

「僕も森にこういう場所を作って住んでいたことがあるけど――」

「うっさいな……お世辞はいいよ。だいたい、そんな話をしにきたんじゃないだろ」

「――そうか」

つかみには失敗した。

ここを作ったのは素直《すなお》にすごいと思うんだけど……

「なら単刀直入に言おう」

「なんだよ、どうせ兄ちゃんも帰れって言うんだろ？　さっき言ってたし」

「いや、その前に、話を聞いてみたいと思った」

「話を聞きたいって……だから帰れって話だろ？」

「そうじゃなくて、ニキ君の。ほら、さっき〝どうせ信じないなら、話す意味もない！〟って叫《さけ》んでたじゃないか。何か言いたいことがあるんだろ？」

言いたいことを言ってガス抜《ぬ》きになることを期待して口にしたが、それに対する彼の反応は俺の予想を超《こ》えていた。

俺の目をまともに見なかった彼が、頭を跳《は》ね上げてこちらを見たのだ。

その直後、ハッとしたように目をそらしてしまうあたり、意外と素直な子なのかもしれない。

「何でそんなこと聞くんだよ」

「何でと聞かれたら、気まぐれってことになるのかな？

正直、僕は君の事をほとんど知らないけど、君を探してここまで来たんだ。乗りかかった船、って言ってわかるかな……とりあえず、何か言いたいことがあるなら聞きたい。最後まできっちり。その方がお互いに納得《なっとく》できると思うし」

「……だとしても、俺がイタズラばっかしてる話は聞いたんだろ」

それは確かに聞いたけど……ん？

このタイミングでそれを言うってことは……彼は自分がイタズラ小僧《こぞう》で有名だ、という周囲の評価を正しく認識《にんしき》している。その上でさっきの〝信じてくれない〟という発言……

そこまで考えて、村で聞いた話を思い出す。

〝村人以外へのイタズラはしない約束〟

〝ニキ少年はいつも最低限の約束は守っていた〟

〝だからこそいつもは拳骨1つと説教で許されていた〟

全部合わせて考えると……もしかして、前提が間違っていた？

「もしかして君は最初、〝イタズラをするつもりはなかった〟？」

「‼」

言うべきかどうか迷うような反応……これは間違いなさそうだ。

「だとしたら申しわけないけど、ついさっきまで僕も昼のはイタズラだと思ってた。でも君を探している間に色々と話を聞いて、気になる部分もあったんだ」

彼はイタズラ小僧だけど、最低限守らなきゃいけない約束は守る子だった。

ならなぜ今回に限って、禁止されている村人以外《俺》の人間にいたずらをしたのか？　と。

だけど〝あのイタズラは、本当はイタズラじゃなかった〟と考えれば疑問は解ける。

それにあの時のやり取りを思い出してみれば、

〝これあげる！〟

彼はそう言ってオクタを投げてきた。

「あの言葉を素直に受け止めると、ニキ君はただ僕にあのオクタをプレゼントしようとした。ただ投げ渡した時に墨《すみ》を吐《は》かれてしまい、イタズラをしたようになってしまったんじゃないか？

何で僕にオクタをくれたのかはわからないけど……どうかな？」

推測を並べつつ、なるべく穏《おだ》やかに聞いてみると、黙《だま》っていた彼はぽつりぽつりと話し始めてくれる。

「昼間……浜辺《はまべ》でスライムを見たんだ。沢山《たくさん》いたし、変な動きしてたのを。……でも、なんかスゲェって思って」

アレを見てたのか。そしてスゲェと思ったと？　そうか……彼はなかなか見所があるかもしれない。でも今は話を聞く時だ。

「それで……ちょっと興味が出て。話が聞きたくて。でも知らない人だし……新しい人が村に来たとき、母ちゃんがもらってるの思い出したんだ。テミヤゲ、っていうんだろ？　何か持って挨拶《あいさつ》に行くって」

「あー、なるほど。そういうことか。手土産《てみやげ》だったのか……にしても何でタコ、いやオクタを選んだの」

「スライムに似てて好きかと思って。兄ちゃんのスライム、オクタの足みたいなの出してたし」

「な、るほど」

ちょっと笑いかけた。

まさかそんな理由だったとは。

だけど確かに、言われてみればどっちも柔らかくて、ぶよぶよした体だ。

うちのスライムは体を伸《の》ばして触手《しょくしゅ》を出すし、似ているといえば似ているかもしれない。

「疑問が解消できてスッキリしたよ。ありがとう。

それでニキ君は、イタズラをしたと思われてしまい、怒られてしまった。というわけだったんだね」

俺がそう言うと、彼はばつの悪そうな顔になる。

「兄ちゃんを墨まみれにしたのと、とっさに逃げたのは悪かったよ。オクタを投げたのもそうだけど、いつもやってたイタズラの癖っていうかさ……その、だから何も悪いことしてないとは言えない……だから最初はちゃんと怒られたんだ、でも……でも！」

「ああ……上手《うま》くいえないけど、落ち着いて。ちゃんと聞いてるから……」

ニキ君は怒られた時の気持ちを思い出したようで、泣き出してしまった。

アイテムボックスからコップと水を取り出して与え、なだめながら根気強く話を聞く。

泣きながらの説明なので支離滅裂《しりめつれつ》、とまではいかないけれど、時々話の繋《つな》がりがわからなくなる。それを脳内でつなぎ合わせて推測したところ……

どうやら彼は以前、村の子供に冤罪《えんざい》を押し付けられたことがあるらしい。

それは子供のためにご老人が用意したおやつをダメにしたというもので、犯人は別の子供。

その子も故意ではなく事故の結果だったが、怒られるのを恐《おそ》れて当時からイタズラ小僧だったニキ君に罪を被《かぶ》せようとしたという。

その際、ニキ君は一時的に責め立てられたが、その時は村のご老人や彼のご両親が彼を庇《かば》ってくれた。

うちの息子はこんなことしない、とニキ君の訴《うった》えを信じてくれた。

そしてその事件は後に真犯人が名乗り出て一件落着となるが……

その事件の時に、彼は〝本当にやっていない事は胸を張って、やっていないと言っていい〟と大人に言われていた。

そして何よりも……ちゃんと判断してくれた大人を見て、〝正直に話せば大人は理解してくれる〟と心から信じていたらしい。

信じていたのだけれど……

「今回はそうならなかったんだな」

「そうなんだ。わざとじゃなかったとか、でも、とか言うと、言いわけするんじゃない！って怒鳴《どな》り始めて、ぜんぜん話を聞いてくれなくなって……それが何度も続いて嫌《いや》になって……気づいたら走ってた……」

「そうだったのか」

話を聞いてもらえず、衝動的《しょうどうてき》に駆《か》け出した。

子供の頃には俺にも覚えがあるし、わからない話ではない。

「でもそれなら尚更《なおさら》、帰ってちゃんと話したほうがいいと思うな」

「だから、話してどうすんだよ。話してダメだったからこうなってんだろ。話して聞いてくれるなら、なんで昼はダメだったんだよ」

「確かに昼はダメだったかもしれない。だけど、もう一度、お互いに落ち着いて話してみたらどうだろう？　なんなら今度は僕《ぼく》も協力する。そうだな……例えば話を聞かずに拳骨を落としてくるようなら、僕が止めよう」

「兄ちゃんが？」

「これでも冒険者《ぼうけんしゃ》だからね。それなりに強くて頑丈《がんじょう》なつもりだし、君を物理的に守ることはできると思う。

そもそもご両親や村の人が怒っているのは、君のことを心配してるからだ。ここに来たのは僕達《ぼくたち》だけど、他にも沢山の人が村中を探して、どこにもいないから森も探そうって話になっていた。だから、どっちも落ち着けばちゃんと話ができるさ」

「そうかな？」

皆さんが彼のことを心配していたのは紛《まぎ》れもない事実。

「そうでなければ、ニキ君を怒ったり探したりしないよ」

怒られるほうは不快だ、嫌だと感じるのが普通《ふつう》だろう。

怒る側は好き放題言えてさぞ気分がいいだろう、なんてキレられたこともある。

だが、人は怒ると意外と体力を使うし、相手と気まずくなる。嫌《きら》われることもある。

実は怒る側にメリットなんてないに等しいと、俺は思う。

だから心の底からどうでもいいと思う相手に、そんな無駄《むだ》なことはしないだろう。

〝怒られる内が花〟、または〝言われる内が花〟という言葉があるが、まさにそれだ。

「……わかったよ。帰る」

「！」

ニキ君は渋々《しぶしぶ》といった表情ではあるが、はっきりと帰ると口にした。

意外とすんなり説得できたことに驚きだが……いや、俺を墨まみれにして逃げたのは悪かったと自分で話していた。彼は衝動的に駆け出してから戻るタイミングを失っていただけで、実は素直で純粋な子なのかもしれない。

「兄ちゃん？」

「あ、ああ」

何はともあれ、帰る気になってくれたのだ。

「足を捻ったって言ってたよね？　治してから外に出よう。足を出して」

伸ばされた右足の状態を見ると、少し腫《は》れてはいるけれど、骨に異常はない。

初歩のヒールで十分に治る怪我だ。

手早く魔法をかけて、風魔法で外に説得成功と連絡。

「よし。じゃあ、詳《くわ》しい事情も説明したいし、先に行って待ってるね」

出入り口は狭く1人ずつしか通れない。

ニキ君は後から自分の足で出てくることを信じて、一足先に秘密基地を出た。

6章10話　雨降って地固まる

翌朝

朝の冷たい空気を感じて、目を覚ます。

「おはようございます」

「おはよう、リョウマ君」

「起きたか。昨日は大変だったな」

手洗場へ向かうと、同じく朝の支度《したく》をしに来たのだろう。

眠《ねむ》たげなカイさんとケイさんがいた。

話題に上がるのはやはり、昨夜のこと。

俺がニキ君の秘密基地を出た後は、特に問題なく、スムーズに話が進んだ。

ニキ君は俺に続いてすぐ出てきたし、村に近づくにつれて緊張《きんちよう》している感じはあったけれど、やっぱり帰らない！　などと言い出すこともなく。自分の足で村に帰った。

また、秘密基地の外で待っていたのはシンさん、ペイロンさん、そしてカイさんの３人。

セインさんとケイさんは一足早く村に戻《もど》り、ニキ君の無事を伝えてくれていたのも大きかったと思う。

村の広場で顔を合わせた直後のお父さんが、問答無用の拳骨《げんこつ》を落とそうとしたことを除けば、何も無かったと言ってもいい。普通に、冷静に、お話をしただけである。

「そういえばリョウマ君、顔は大丈夫？」

「はい、まったく問題ありません」

「なら良かった。いきなり自分から飛び込んで殴《なぐ》られるからビックリしたよ」

「そうそう。ニキを守るって約束したとは聞いたけどさ」

「あー……あれはあのお父さんもニキ君を心配していたと思うと、下手に取り押さえるのも違《ちが》うような気がして」

「だからって顔面で受ける必要はないだろ」

「ははは……」

何はともあれ無事でよかった。

そう笑い合いながら、朝の用意と食事を済ませ、今日も暗いうちから仕事に向かう。

するとその途中《とちゅう》で見覚えのある顔を発見。

「あれ？　お２人とも、あそこにいるのって、ニキ君とご両親では？」

「本当だね」

「何やってんだ？」

話していると、向こうも気づいたようだ。

ニキ君が大きく手を振《ふ》って、ご両親とともに歩いてくる。

「兄ちゃんおはよう！」

「おはよう、ニキ君」

同じようにご両親にも挨拶すると、彼らは深々と頭を下げてきた。

「うちの子を見つけていただいて、本当にありがとうございました。昨日は礼もちゃんとできなくて」

「あー。村に戻った時点で真っ暗だったからな。仕方ねぇよ」

「話もしたから夜も遅《おそ》くなってたし」

「だとしても、礼は礼できっちりしとかにゃ気がすまねぇ」

「それでわざわざ……ありがとうございます」

「いやいや、何でお前が礼を言うんだっての」

カイさんに突っ込まれ、その場にささやかな笑いが起きる。

「それでな、兄ちゃん。俺、今日から処理場で働くんだ」

「処理場で？　これまたどうして？」

聞くとご両親が口を開く。

「今回は村の皆さんにもご迷惑《めいわく》をかけてしまったので、そのお詫《わ》びと罰《ばつ》も兼《か》ねて、当分昼まで手伝いをさせることにしました」

「もう少し大きくなってからと思っていたんだが、こいつは元気が有り余ってるらしいからな。水汲《みずく》みと荷物運びくらいはできるだろ」

「そりゃまた大変な罰を食《く》らったな、ニキ」

「というと？」

「水汲みは普通に井戸《いど》で水を汲《く》むだけだけど、処理場では大量に水を使うから、100回や200回じゃ足りないんだよ。当然大人も含《ふく》めて交代でやるけど、重労働だから本来はもうちょっと大きくなった子供が手伝う仕事なんだ」

「なるほど……頑張《がんば》れよ」

「兄ちゃんもな！」

どちらからとも無く笑い、改めて浜《はま》へ向かう。

その道中、ニキ君はご両親と両手をつなぎ、楽しそうに歩いていた。

……もしかしたら昨日は、帰った後も何か話したりしたのかもしれない。

目に映る彼《かれ》らは、とても仲の良い親子に見えた。

■　■　■

「じゃーな、兄ちゃん！　仕事終わったら、スライムのこと教えてくれよな！」

「わかったよ。仕事頑張って」

浜に到着すると、ニキ君とはわかれて討伐《とうばつ》の準備を行う。

といっても、スライムたちを呼び出して打ち合わせ通り配置についてもらうだけ。

その分、確認《かくにん》は念入りにやっておこう。

担当する加工場を中心に、スライム達《たち》の様子を確認していると、

「波が来たぞーォ!!」

リーダーの叫びを契機《けいき》として、浜辺が一気に騒がしくなる。

波とは〝マッドサラマンダーの群れが押し寄せてきた〟という意味。

「リョウマ！　準備はできてるか!?」

合流していたセインさんが、周囲に負けないよう叫ぶ。

「いつでもＯＫです！」

「おーし！」

彼はそのまま配置につく。俺も急いで割り当てられた位置へ。

魚の処理場を背に、浜辺に展開したスライム達を見渡《みわた》す。

……一見静かだけれど、臨戦態勢になったスライム達からは、強いやる気を感じる。

「イヨォー！　ヘイ！」

『ヘイ！』

沖《おき》の船ではマッドサラマンダーと漁師の戦いが始まり、視界の端《はし》では網《あみ》の引き上げが始まっている。ここへ来るのも時間の問題。

はやる心を抑《おさ》えて、待つこと数分。

最初の水揚《みずあ》げが加工場に運び込まれると同時に、最初の1匹が浜へ上陸した。

「来たよ！」

「了解！　もし囲いを抜かれたらお願いします！」

ケイさんの待機位置は、俺達の担当する範囲ギリギリ。

運ばれている水揚げを狙《ねら》い、走る漁師めがけて一直線に浜を這う……が、

「――!?」

浜に上がったマッドサラマンダーが、突然《とつぜん》のたうち回る。

悲鳴は聞こえないが、激しく暴れる体が明らかに苦痛を表現していた。

「作戦成功」

加工場の防衛の第一段階は、アイアンスライムとメタルスライム達による〝進行妨害《ぼうがい》〟。

彼らには〝浜辺での移動が思うようにできない〟という弱点があったけれど、それなら
それで、〝動かなければいい〟。

だから準備の段階で彼らにはエイやヒラメのように、体を薄《うす》く伸ばした状態で砂の中に潜《ひそ》んでもらった。そしてマッドサラマンダーに踏《ふ》まれたら、体の一部を銛《もり》に変えるように指示をしてあった。

そして成功した結果が目の前の光景。

直前までそこになかったはずの刃《は》を踏み、肉を貫《つらぬ》かれ、引き剥《は》がそうと転げ回るマッドサラマンダー。だけどスライムは一度刺《さ》さった金属の体を押し込み、絡みつき、自身の体を錘《おもり》として全力で敵の動きを封《ふう》じる。

先陣《せんじん》を切った一匹は、ポイズンスライムの槍衾《やりぶすま》に到達《とうたつ》することもできず立ち往生。

そしてすでに後続が10匹ほど、同じように他のメタルやアイアンに捕《つか》まり転がっている。

「なんか、若干《じゃっかん》かわいそうなことになってるな……」

おや？　冒険者のリーダーがやってきた。

「お疲《つか》れ様《さま》です」

「様子見に来たんだが、特に問題なさそうだな」

「今のところは。捕まっているマッドサラマンダーは徐々《じょじょ》に体力を奪《うば》われるでしょう。もっと増えてきたら後続に踏み潰《つぶ》されて弱る個体も出てくると思います」

「乗《の》り越《こ》えてくるようなら予定通り。多すぎるようなら闇《やみ》の範囲《はんい》魔法《まほう》で減らして調整……だったな」

「はい」

「……」

問題があるのだろうか？

「何か気になることでも？」

「ん？　この作戦が上手くいくようなら、ここはもう少し冒険者の数を減らしてもなんとかなるかと思ってな」

リーダーが言うには、この時期マッドサラマンダーの被《ひ》害《がい》を受けるのはこの村だけではなく。戦力に余《よ》裕《ゆう》がある場合は、一部を手の足りていない他所に回すことも考えなければならないそうだ。

「あくまでも余裕があればの話だがな。他所の状況《じょうきょう》がどうであっても、先に任された場所を疎《おろそ》かにしていい理由にはならん」

「納得です」

どんな仕事でも、引き受けた以上はそれ相応の責任が伴《ともな》う。

俺が自分のトレーニングに励《はげ》むためにも、スライムには頑張ってもらいたい。

「ま、どうするにしても今日の結果次第《しだい》だ。しっかりスライムが使えるって所を見せてくれよ」

「承知いたしました」

魚が加工場に運び込まれるにつれて、襲《おそ》ってくるマッドサラマンダーの数も増えてきた。

去っていくリーダーを見送り、気合を入れ直す。

6章11話　思わぬ発見

「っと！」

迫《せま》るマッドサラマンダーの大口を紙一重《かみひとえ》で躱《かわ》しては、頭部へ一撃《いちげき》。

〝仕留めた〟

と確認する間もなく、次が2、3匹《びき》まとめて襲いかかってきた。

棒を横一文字に振り抜き一掃《いっそう》。できた道に体を滑《すべ》り込ませる。

前へ、前へ、一刻も早く前へ！

手には1本の棒を持ち。頭の上には1匹のダークスライムを乗せ。マッドサラマンダーをなぎ倒《たお》しては走り続け、とうとう防衛ラインの最前線に到達。

これでメタルとアイアンは巻き込まない！

「頼《たの》む！」

頭の上のダークスライムが俺の思いに応《こた》えてくれた。

すでに東から上った太陽は空高く、周囲は明るい……が、とたんに暗くなったように感じる。それはダークスライムが範囲攻撃魔法《はんいこうげきまほう》を放った証《あかし》。

広範囲攻撃魔法〝ダークミスト〟

魔法によって生まれた闇が霧《きり》のように広がって、対象を包み込む魔法。闇の霧には生き物から体力を奪う効果があり、包み込まれた敵は急激に衰弱《すいじゃく》しやがて命も奪われてしまう。

それを証明するように、視界の中で浜に上がるマッドサラマンダーの動きが悪くなった。山椒魚《さんしょううお》に膝《ひざ》があるかは知らないが、まるで膝に力が入らなくなったかのように足を折る。

さらにはまだ水中にいた個体にも効果が及《およ》んだようで、水面に大量の死体が浮《う》かんでくる。

十秒も数えると、加工場を目指して前進を続けたマッドサラマンダーの群れが途切《とぎ》れていた。

「皆さんお願いしまーす！」

『オーッ!!!!』

手の空いた漁師と冒険者の皆さんが、一斉《いっせい》にスライムの防衛ラインを超えてきて、マッドサラマンダーの死体を回収していく。

……スライムを使った防衛作戦は有効。有効だったけれど、ただ一点。スライムは人間と違って倒したマッドサラマンダーを運べないので、それを回収する作業を合間に挟《はさ》む必要があった。

昨日と違って最初の段階から打ち捨てられていた死体がだんだんと溜《た》まり、後続のマッドサラマンダーが積み重なった死体の山を障害物か何かと勘違《かんちが》いしたのか、迂回《うかい》を始めてしまったのだ。

すぐに控《ひか》えていたシクムの桟橋《さんばし》の皆さんと協力して、被害の出る前に対処できたので問題はなかったが、やはり備えをしておいて良かった。

「回収急げ！　数は減ってきたからあと少しだ！」

『オーッ!!!』

リーダーの掛《か》け声《ごえ》に返事をして、俺も近場にあった死体を抱えて再び走る。

今日の漁と討伐が終わるのは、それから1時間後のことだった。

■■■

「お疲れ様でした！」

「お疲れ～」

「お疲れ様」

後始末まで完璧《かんぺき》に行ったら、昼食の時間だ。

シクムの桟橋の皆さんと話しながら、加工場に向かう。

すると、

「おっ！　ニキ坊だ！」

「昨日の罰で働かされるってのは本当だったんだな」

「キビキビ働けよ～」

「わかってるって！」

先に入っていった男性達と、ニキ君の声が聞こえてきた。

どうやら大人たちにからかわれているらしいな。

「お疲れ様」

「あっ！　スライムの兄ちゃん、昼飯か？　すぐ持ってくから座ってな」

「ありがとう。頑張ってるね」

「ははっ。そう言ってくれるのは兄ちゃんだけだよ」

ニキ君はうんざりだという顔をするが、すぐに笑顔《えがお》になる。

コミュニケーションの一環《いっかん》、ということなんだろう。

なんとなく安心し、適当な席に座《すわ》って待つ。

さて、今日のお昼はなんだろう？

「お待ちどー！」

「ありがと――!?」

と言いながら受け取ったお昼の内容を見て、驚《おどろ》かされた。

主食はやや粒《つぶ》が丸いものの、色といい香《かお》りといい、完全なる〝白米〟。

さらに毎食出てくるホラススープの具は、どう見ても〝豆腐《とうふ》〟。

ここに焼き魚と漬物《つけもの》らしき小鉢《こばち》もついて、和の朝食とでも言うべき品々が並んでいる！

「どうかした？」

「これってお米だよね？　輸入品で高いって聞いてたんだけど」

「そうなのか？　うちの村ではたまに出てくるけど、米って高いのか？　兄ちゃんたち」

ニキ君にはわからなかったらしく、代わりに答えてくれたのはシンさんだった。

「輸入品のお米は高いらしいけど、このお米は領主様が技術者を招聘《しょうへい》して、この領地で作っているからね。そんなに高くはないよ」

「とはいっても、俺らの手に届くようになったのはここ数年だし、少し贅沢《ぜいたく》だけどな。ニキの世代だと普通の食い物になるか～」

「セイン、なんだかおっさん臭《くさ》いよ？」

「なっ⁉」

ケイさんの一言に、セインさんが打ちひしがれている。まだ若いけど、気にしていたのか？

じゃなくて……

「お米が出てきたのはそういう理由だったんですね」

ファットマ領《こ》の領主様《こ》についていては、事前に少し話を聞いていていたけど、そういうことをしているとは知らなかった。

「米って最近の食べ物なんだな……あ、俺まだ仕事あるから！」

「あ、うん。頑張って！　……では、いただきます」

まず、お米を一口……お赤飯のような、もち米に近い粘《ねば》りを感じるのは品種の違いか。普通においしい。スープもいただくと、こっちもやはり豆腐だ。懐《なつ》かしい。

「幸せそうだな」

「久しぶりに食べました……ちなみに、どこかで買えますか？」

「それなら後でニキに案内してもらうといいんじゃないか？」

「この村で豆腐を作ってるのはあいつの婆様《ばあさま》だからな」

なんと、それはいいことを聞いた。

「彼とは後で話をする約束をしているので、その時に聞いてみます」

「それがいい。っと、そうだ」

？　カイさんが、急に何かを思い出したように。そして真面目《まじめ》な顔になる。

「ニキで思い出したんだが……昨日あいつを探しに行って、森で倒したゴブリン。あれ全部で5匹だったよな？」

「はい。そうだったはずです……よね？」

顔を向けると、カイさん以外の4人も同意してくれた。間違《まちが》いはないだろう。

「片付けをしてる時に聞いたんだが、隣村《となりむら》に近い森で昨日、檻が見つかっていたそうだ」

「⁉」

その一言に、俺《おれ》は危機感を覚えた。

……しかし5人は、危機というよりも、うんざりしたような顔をしている。

「あの、皆《みな》さん？　それってもっと大事なのでは？」

檻と言うからには何かを捕まえるためのものだろうし、話の流れからすると中身はゴブリン。そんなものが森で見つかるということは、誰《だれ》かがあのゴブリンを隣村の近くに放った、ということでは……ないのだろうか？

と考えていると、リーダーのシンさんが言う。

「本来ならリョウマ君の反応が正しいんだけど、この辺では年に数回は同じことがあるんだ。だから正直、またか……って気分になるんだよね」

さらに聞いたところ、この問題は隣《となり》の領地の貴族がここ、ファットマ領の領主様への嫌がらせでやっている可能性が高いらしい。

人の手による犯行なのがあからさま。だけど犯人につながる証拠《しょうこ》は残さず。

檻を置いて逃《に》げるだけなら、そこそこ腕《うで》のいい空間魔法使《まほうつか》いが1人いれば簡単だろう。

「ここの領主様と隣の領の貴族は仲が悪いんですか？」

「どっちかっつーと、向こうが一方的に敵視してるらしい。詳しいことはわからねぇけど、領主様は気さくでいい人だよ。さっきの米の話もそうだけど、俺らの生活を良くしようとしてくれてるって話はよく聞くな」

「この辺の土地は農業に向かない。だから昔は湖や自然の恵《めぐ》みが生命線……不漁が続いた年には飢《う》えて死ぬ子供もいたらしい。俺達《おれたち》は幸いにも、そこまで困窮《こんきゅう》した経験はないが……それこそ先代と当代の領主様のおかげだと聞いている」

「隣の領の領主様は偉《えら》そうだとか、いばり散らしてるってたまに聞くけど、こっちの領主様はそんなことないし」

「というかお屋敷《やしき》のある街では時々自分の足で出歩いていたり、美味《おい》しい料理屋さんを探していたり、市民に交ざって食事をしていたりするそうだからね……あまり〝貴族らしい〟感じの方じゃないね」

なるほど……どうやらここの領主様は領民から慕《した》われる人物のようだ。

「まぁ、とにかくこの件はよくあることなんだよ。しばらくしたら領主様の耳にも入って、調査の人が来るだろうし、僕らは僕らなりに身の回りに気をつける。それがいつもの対応なんだ」

「どっちかと言うと俺は明日からの仕事が気になるな」

「一部の冒険者に他所へ移ってもらうという話だな。まだ相談中らしいが……ほぼ確定と考えていいだろう」

「つーかその話もあれだろ、討伐中に聞いたんだろ？」

「死体を回収する時以外は、かなり余裕ができてたもんね。回収のタイミングを間違えなければ、もっと少人数でも大丈夫《だいじょうぶ》そうだし……リョウマ君としてはどうかな？」

「僕もケイさんと同じ意見ですね。スライム達がいれば、加工場への被害は十分防げそうですし、それなら良いトレーニングになると思うので」

今日の討伐（仕事）はほとんどをスライムに任せられたから、これから先は自分のトレーニングを重点的に考えていける。人の手が必要な死体運びだって、何度も繰《く》り返《かえ》せば体力・筋力トレーニングにもなるし、空間魔法の練習にも使えるだろう。

これこそ仕事と趣味《しゅみ》？　の両立だ！

そう言うと、なぜか5人は笑い出す。

なぜ笑うのか聞いてみても、真面目だなと思った、としか答えてくれない。

何より、視線が生温かいのはなぜだろう……わからん。

まぁ、別に悪い意味じゃなさそうだし、いいけどね。

その後は適当な話をしながら、残りの昼食をいただいて――

「それでは皆さん、またあとで」

シクムの桟橋の5人と別れ、ニキ君の仕事の終わりを食堂で待つ。

彼とはスライムの話をする約束があるからな……ところで何をどう話そうか？　せっかくスライムに興味を持ってくれたのだから、できるだけ楽しんでもらいたい。あまり押《お》し付けるのもどうかと思うし……ん～……布教活動は難しい……

「あ、そうだリョウマ。ほどほどにしとけよ。……って、聞こえてるか？」

「ん～、微妙《びみょう》かなぁ？　まぁ、夕飯までには帰ってくるでしょ。加工場には姉さんもいるし」

■
■
■

……あれ？　カイさんとケイさんに呼ばれたと思ったのに……気のせいかな？
周囲を見回すが、２人はもちろん、気づけば食事中の人もほとんどいなくなっていた。

6章12話　有能な少年

午後

「――というわけだ」

色々と考えた結果、ニキ君には俺の飼っているスライム全種の紹介《しょうかい》と役に立つ点、あとは一部の進化までの経緯《けいい》を簡単に話してみた。

人のいなくなった食堂の机に、ずらりと並べた各種スライムを興味深そうに見ているし、感触《かんしょく》は悪くないが……どうだろう？

「他に聞きたいこととか、興味のあるスライムはいるかい？」

「ん……それならメディスンスライム！　大きな病気とか怪我《けが》したら隣村まで行かなきゃいけないから、こいつがいたら便利そうだし」

思いのほか切実な理由……

「確かに消毒薬や傷薬になる体液は出せるし、ちょっとした怪我なら十分治療《ちりょう》には役立つね。でも毒薬も出せるし、餌《えさ》も毒や薬だから、メディスンは管理が難しくもあるよ。それなら回復魔法が使えて、餌は水と日光浴させるだけでいいヒールスライムの方が個人的にはオススメかな」

「そっか……でも魔法を使えるスライムって珍《めずら》しくて、売ったら高いんだろ？　兄ちゃんはヒールスライムと合わせて5種類も飼ってるけど」

「うん。僕の場合は飼ってるスライムが進化したからだけど、普通に探して見つけるのは何年かかるかわからないらしいね。それを5種類ともなると、揃《そろ》えてる人はまずいないって、知り合いの魔獣《まじゅう》に詳しい人が言ってたよ。

値段に関しては僕も詳しくないけど……〝他人が持ってない物〟を欲《ほ》しがる人が貴族には結構いるみたいだから、それで値段がつり上がることはあるみたい。他人に自慢《じまん》するよ〝珍しいペット〟として飼うには手頃《てごろ》なのかもね」

「……理由はわかったけど、その気持ちはわかんねー」

「気にしなくてもそのうちわかるだろうし、一生わからなくても別に困りはしないと思うよ」

他人と自分を比較《ひかく》してしまうのは人の性《さが》。大人になるうちにいつか気づき、苦悩《くのう》するだろう。もし比較せずにいられるなら、それによって苦しむこともないので、それはそれでいいと思います。

「ふーん……あ、じゃあさ！　さっき食べる餌で進化が変わるって言ってたけど、魚を食べ続けたら魚スライムとかになるのか？　てか、そんなのもいるのか？」

「スライムの進化先は数が多すぎて、研究者でも把握《はあく》しきれてないらしいからね……魚のスライムがいるかはわからないけど、可能性はあると思うよ。

例えば僕《ぼく》のメタルスライムとアイアンスライムだけど、この2種類は同じ土地の同じ土に含まれた複数の金属を食べたか、それとも鉄しか食べなかったかで進化がわかれたんだ。それを考えるとアイアンが鉄だったように、銅、錫《すず》、鉛《なまり》……特定の金属だけを食べるスライムがいたら、また違ったスライムが生まれる可能性は高いと思う」

さらに言うと、餌とするものによって進化先が変わるというのはあくまでも俺の考えであり、最近ではそれも少し間違っているのではないかと思い始めている。

「間違ってるのか？」

「あー、間違いと言うのはちょっと正しくないか」

これまで観察を続けてきた限り……特に初期から研究してるスティッキー、ポイズン、アシッド、そしてクリーナーについては、実際に与《あた》える食べ物によってスライムの進化先をコントロールし、再現することもできている。だから進化に食事が影響《えいきょう》するということ自体は間違っていないと思われる。

「だけど何かが足りないと言うか……食事は進化先を決定する条件の1つであって、まだ他に何かスライムの進化を分ける条件があるんじゃないかと思うんだ。

というのも、最近この……ウィードスライム、雑草を食べて進化したと思われるスライムなんだけど、これの一部が毒草や薬草を食べ始めたんだ。そうなると予想される進化先は毒草スライムや薬草スライムなんだけど――」

「あれ？　毒草ってポイズンスライムに進化させる餌だったような」

「――その通り！　その通りなんだよ。これまで毒草で進化していたのはポイズンスライム、いわば〝毒スライム〟だった。今はまだそのウィードスライムの進化待ちの段階だけど、毒草を食べてポイズンスライムにならなければ、毒と毒草を分ける〝何か〟があると考えていいと思うんだ。

それこそ研究者が〝把握しきれない〟というほどに種類がいるのなら、メタルからアイアンやその他のように、さらに細分化できてもおかしくないし……厳密に言えばアシッドスライムも餌は骨なのに、ボーンスライムにはなってないんだよね。消化能力を上げて骨を食べられるように進化したんだと思うけど」

「……兄ちゃん、楽しそうだな。わからないとか間違ってるかもとか言ってるのに」

「いやいや、わからないから答えを探す、それが楽しいんだよ。観察して、仮説を立てて、実験して。それでもし間違っていたとわかったら、認めてもう一度考えてを繰り返す。それで答えが見つかったときが嬉《うれ》しいんだ」

「へー」

おっと……難しかっただろうか？　噛《か》み砕《くだ》いて説明するつもりが、熱が入るとついつい……

「んー……そうだな、スライムに限らなくていいから、何か自分のできなかったことができるようになったとか、知らなかったことを知った時とか、楽しかったり嬉しくなったりしないかな？」

「あ、それならわかるかも。木に登れるようになった時とか、秘密基地ができた時とか、あと今な！」

おお、今も楽しいと？　やはりニキ君には見込みがある。

「じゃあ、実際に少しスライムの世話もしてみる？」

「いいのか？」

「もちろん。基本的に餌と水をあげるだけだけど、種類が多くなると用意だけでも結構手間がかかるからね。進化待ちのスライムにはそれ用にも用意しないといけないし、むしろ助かるかな。

用意はあるけど、できれば実験もかねて、この土地の物も手に入るといいんだけど……」

「なら母ちゃんたちに聞いてみようぜ！　最低でもゴミならあるから！」

――ということでニキ君と村中を巡《めぐ》った結果……

「かなり集まったな……」

仮置きのために借りた広場の一角には、大量のゴミとガラクタが山積みになっている。ニキ君は物怖《ものお》じせず、基本的に人懐《ひとなつ》っこい性格のようで、いろんな所に突撃《とつげき》してはそこにいる大人から不用品を貰《もら》ってきた。それに村の人からしても、ニキ君を間に挟むことで話がしやすかったのかもしれない。少なくとも俺はとても助かった。

しかも、集めた物を呼び出したスライム達に見せてみると、一部のスライムが反応。どうやら彼らが好む、新たな餌が含まれているようだ！

「うひゃー……すっげぇ数。兄ちゃん、こんなに飼ってたのかよ。空間魔法ってスゲーな」

「驚いてる暇《ひま》はないぞ。まずは貰った物の中から、どれをどのスライムが欲しがってるかを確認してまとめよう。急がないと日が暮れるかもしれない」

「おう！」

俺達は協力して、頂き物を分別していく。

広場で遊んでいた子供はもちろん、村の大人も遠巻きに様子を見ているが、気にしない。もう既《すで》に村中に事情は知《し》れ渡《わた》っているのだから、説明もいらないだろう。

確認作業に集中する。

「まずは……これだな」

解体場で出たゴミ類。

様々な種類の魚の内臓や骨などの食べられない部位が混ざっている。

これを欲《ほっ》したのは、スカベンジャー、アシッド、そしてブラッディーの1匹。

スカベンジャーは傷《いた》み始めた内臓や消化管の中の糞《ふん》。アシッドはやはり骨を食べたがっているようだから、いつもの餌とあまり変わりはなさそうだ。

ただし、ブラッディー。欲しているのは内臓で、中に残った血が目的かとも考えられたが、現在手元にいる他の2匹は興味を示さない。進化の可能性あり。

そうなると何に反応しているかだが……ゴミの中から反応している部位を集めてみると、全体のごく一部。さらに魚の種類や部位にこだわりはないようだ。反応した魚の内臓と同じ種類の同じ部位を取り出しても、反応しないことが頻繁《ひんぱん》にある。

そんな時、

「兄ちゃん、俺わかったかも」

「おっ！　なんだ？」

「たぶん、寄生虫……この時期は注意しないといけないんだけど、特に注意しないといけない魚が何種類かあるんだって、父ちゃんと母ちゃんが言ってた。兄ちゃんが分けてるの、ほとんどそれだよ」

「なるほど、寄生虫か……『鑑定《かんてい》』」

〝魚の内臓の山〟

複数の種類の魚の内臓を集めた山。内臓の1つ1つにラトイン湖に生息する寄生虫の卵、あるいは早期に孵化《ふか》した寄生虫が生息している。

「ビンゴ！　ニキ君、きっと正解だよ！　鑑定魔法《かんていまほう》をかけたら、これ全部に寄生虫がいるって！」

「ほんとか？　へへっ。でも寄生虫かぁ……」

「何か問題でも？」

「だって寄生虫なんて迷惑なだけじゃん」

確かに。普通《ふつう》は厄介者《やっかいもの》だし、漁で生計を立てているこの村では特にそうかもしれない。

「だけど、僕はこのブラッディースライムの反応を見て、この内臓の山を集めたよ。そこに寄生虫がいるなんて、鑑定魔法をかけるまでわからなかったのに。

言い方を変えると…… 〝寄生虫を食べるスライムを利用することで、魚に寄生虫がいるか判断できる〟。そういう可能性もあるんじゃないかな？」

俺がそう言うとニキ君は目を丸くして、周りで見ていた大人からも声が漏《も》れる。

「そっか！ 寄生虫がいない魚がわかれば、もっと安全だよな！」

「虫がいない魚か……それがわかれば、生で食ってもいいよな……」

「ちょっとアンタ、やめとくれよ？ 腹を下して世話するのは私なんだから」

「そりゃ今の時期に生で食う馬鹿《ばか》はやらねぇよ。でも夏場なら……」

ニキ君の言葉を聞いたようで、さらに大人のざわめきが大きくなる。

「ニキ君。この辺では生で食べたりもするの？」

「虫が少なくなる時期があって、漁師だからこそできる食い方らしいぜ。うちは父ちゃんが好きなんだけど、毎年それで腹壊《こわ》すんだ。少なくなるけど、絶対じゃないから」

「なるほど」

江戸《えど》時代に法律で禁じられた河豚《ふぐ》を、それでも食べるような気持ちなのだろうか……まあこちらは当たっても死ぬまではいかないようだし、もっと気軽なのか。

それはそれとして、大事なのはブラッディーの進化。寄生虫を食べて進化したらどうなるのか？ 寄生スライム？ 体の中に……ん？ ブラッディーの体は血液、血液が人体に入る……これって輸血、になるのか？

……考えてみると、ブラッディーが血を吸う時は傷口から体内に入る。だけど、獲物《えもの》の体内の血液が固まったりはしない、んだよな？　スムーズに吸って出てくるし。違《ちが》う型の血液が混ざると凝固《ぎょうこ》すると聞いたことがある……っていうかそもそもブラッディーの血液型って――

「――ちゃん、兄ちゃん！」

「っと、ごめんニキ君。考え事してた」

「見てればわかったよ。それより寄生虫のスライムはわかったから、続きやろうぜ」

「そうだね。やろう！」

頂いたゴミはまだまだ沢山《たくさん》。だけど俺にはそれが宝の山に見えて仕方ない。

そしてそれが間違いでなかったと確信するまでに、そう長い時間はかからなかった……

6章13話 無限の可能性の一端

「次は……これか」

それは両手で抱《かか》えるほど大きな籠《かご》にまとめられた、3種類の魚。

姿はオコゼ、フグ、そしてウナギに似ている。俺としては全部高級魚に見えるのだが……

「改めて聞くけど、この辺では食べないんだよね？」

「だって、全部毒のある魚だぜ？　毒は食ったら危ないだろ」

「毒のある部位を取り除いて食べたり。僕の地元にも似た魚がいて、食べられてたんだけど」

「あー……天気が悪くて漁に出れないとか、魚が取れない時とか、食い物がなくなるとこれは食べる」

ニキ君が指し示すのはウナギに似た魚。これは籠の魚の大半を占《し》めていることからもわかるように、数が多くてどんな時でも獲《と》れる確率が高いらしい。

「でもこれ、血に毒があるだけじゃなくてすっげー泥臭《どろくさ》いし、骨ばっかりでめちゃくちゃマズイぞ。今の時期は寄生虫もいるし……こっちのヒレに毒針があるほうは小さくて食うとこほとんどない。漁ができればもっと美味《うま》い魚がいるから、こんなの誰も食わないよ。あ、こっちの膨《ふく》らむ奴《やつ》は死ぬから絶対に食べたらダメな奴な！」

「なるほど……」

調理もしてみたいけど、寄生虫の問題もあるし、今回はやめておこう。

「網《あみ》にかかったものは仕方ないからこうやって分けてるけど、本当は食わない魚は獲らないほうがいいし、父ちゃん達《たち》も獲りたくないんだって」

「そうなんだ。うちのスライムは喜んでるけどね」

反応しているのはポイズン、メディスン、そして先ほど寄生虫に反応したブラッディーの1匹。

これは毒と寄生虫で、新しい進化はないか……と、思っていたら、

「ん？」

「どうした？　兄ちゃん」

「いや、このポイズンスライムが」

ポイズンスライムの1匹が毒のある魚の中でもオコゼ似の魚だけに反応している。

さらに観察すると、ヒレの〝毒針だけ〟を食べていることが判明した！

「毒針か……っと、考えるのは後にしないと。次は？」

「えーっと、貝があるぜ。毒あるのとないの両方」

「じゃあ毒の貝から」

……ポイズンやメディスンたちは餌として認識《にんしき》しているが、それだけ。残念ながら、これはただの餌になりそうだ。

「じゃあ食用のほうも」

「兄ちゃんごめん、これ中身入ってない……食った後の貝殻《かいがら》だ」

「あらら、まぁゴミでいいと言ったし。それに、早くも反応してるのがいるよ」

「えっ？」

貝殻の入った桶《おけ》を抱えるニキ君の足元には、既に数匹《すうひき》のアシッドスライムが待ち構えていた。

その数匹にニキ君が貝殻を与えると、喜んで体内に取り込み、小さな泡《あわ》を立てながらゆっくりと溶《と》かしていく……

アシッドスライムが貝殻で進化する可能性あり。しかも反応した内の1匹は、毎日卵を食べたがる奴もいる……あれはまた別なのか？　卵の殻《から》と貝殻なら、主成分が炭酸カルシウムという共通点があるけれど……要観察だな。

「そしてとうとう出てきたな、〝カニ〟」

生きた状態、殻だけの状態の2種類あるが……両方にスティッキースライムが反応した。

「片方は殻、もう片方は……これも要観察っと」

「今度は網にかかってた魚以外のゴミ。水草とか藻《も》だな」

繰り返しの作業で慣れてきたんだろう。次の籠を、と思った時に。良いタイミングでニキ君が運んできてくれた！

助かるなぁ……で、これはたぶん……ああ、やっぱり。ウィードスライムが反応した。

彼《かれ》らの一部が水草に反応するのは先日確認《かくにん》されている。

あと、水草とは別に藻に反応してるのもいるみたいだ。

「ほい、次はこれね」

「ボロボロの網……これはどうなるか…………意外な結果が出たな」

「どうしたんだ？」

「ん〜……反応してるのはスティッキーとメタルなんだよ」

スティッキーは糸を吐《は》けるからまだ関連がありそうだけど、メタルが反応するとは。

金属と網……金網《かなあみ》？　わからないけど、進化してのお楽しみとも言えるか。これも要観察。

「この2つで最後だぜ！」

両手に1つずつ掲《かか》げられた、バケツのような木製の容器。片方には砂がぎっしり、もう片方には割れた陶器《とうき》の破片《はへん》が詰《つ》まっている。

「なるほど……両方ともにストーンスライム。砂にはポイズンも反応してるな」

砂に反応するポイズンは一匹《びき》。しかもこの個体は以前から毒の他に炭を食べて進化待ち中の1匹だ。炭と砂で共通する何かになるのか、それともまた別の進化か……今はとりあえず進化させて観察するしかないな。

進化の例を集めれば、そこから共通点や食べ物とは別の進化条件が見つかるかもしれないし……そうなるとポイズンスライムももっと増やして、また新しく炭を食べるスライムを探すかな……それとも増やせる種類はどんどん増やしていく？

ストーンスライムについては少し別に考えがあって、積極的に数を増やしている最中だったんだけど……進化実験も大切だし、もっと増やしていくことにしよう。流石《さすが》にギムルの廃鉱《はいこう》山が平地になる前には結果が出るだろうし……

「これで全部だな！」

「ん、ああ、そうだね。じゃあ、進化するかもしれないスライムとその餌をまとめてみようか。『アイテムボックス』」

「おう！」

筆記用具を取り出して、スライムの種類ごとに進化の可能性を書き出してみる。

すると、
・スティッキー　↓　カニスライム
　　　　　　　　↓　甲殻《こうかく》スライム
　　　　　　　　↓　網スライム
・アシッド　　　↓　貝スライム
　　　　　　　　↓　貝&卵スライム
・ポイズン　　　↓　炭&砂スライム
　　　　　　　　↓　毒針スライム
・メタル　　　　↓　金網スライム
・ブラッディー　↓　寄生虫スライム
・ストーン　　　↓　砂スライム
　　　　　　　　↓　陶器スライム
・ウィード　　　↓　水草スライム

↓　藻スライム

「全部で13種類だね」

「元は7種類なのに、そんなに違うスライムになるんだな！」

「今はまだ可能性だけどね。しかし、1日でこんなに見つかるなんて……それにこうして見返してみると、カニとか魚みたいに、ここでしか手に入らない餌も多いね……砂や陶器、あと水草や藻はここで採取してディメンションホームの中で増やしてみてもいいけど……毒針や寄生虫はここの魚のやつ限定なのか……」

「それってさ、兄ちゃんがここに住んじまえば解決するんじゃねーの？」

「確かにそうなんだけど、仕事があるからね……」

お店の経営はほとんど任せっきりとはいえ、確認しないといけない書類もあるし、定期的に廃坑《はいこう》を見回る必要もある。

誰かに世話と報告を任せるにしても、ニキ君はまだ幼いし、シクムの桟橋《さんばし》の皆さんも従《じゅう》魔術師《まじゅつし》じゃないしな……いっそこの村に支店を建てて、コーキンさんか誰かを派遣《はけん》すれば……これは割と良い案ではないだろうか？

新しい環境《かんきょう》で、今日のように進化の可能性が多数見つかったのだから、また別の土地、違う環境へ行けばまた違うスライムや進化の可能性を見つけられるかもしれない。俺一人が現地へ行って実験をするのではあまりにも時間がかかりすぎる。

洗濯《せんたく》屋の規模を拡大し、各地に支店を置き、そこを拠点《きよてん》として俺の代わりにその地域のスライムを研究してくれる従魔術師や研究員を派遣。そして各地から集めた情報を元に研究を進める。

こうすれば店の経営とスライム研究を両立できそうだ。

これは帰ったらカルムさんに相談せねば！

「なぁ兄ちゃん、それ今すぐにはどうにもなんないと思うけど」

「ああ、将来的な話になるな。……声に出てた？」

「出てた。んで今はどうすんだよ？」

「とりあえず、滞在《たいざい》中はここで食べさせて、保管できるものは帰る前に、迷惑《めいわく》にならない程度に集める。あとは様子見だな」

基本的にスライムはなんでも食べるし、進化する餌がなくなれば他のものを食べるだろう。それでまた別のスライムに進化するなら、それも良し。

「少なくとも食糧《しよくりよう》不足で弱ったり死んだりはしないだろうし、何も絶対いますぐに進化させなきゃいけないわけじゃないからね。気長にやっていくよ」

「そっか。んじゃ次はどうする？」

「ん～……残念ながら、時間切れかな」

加工場の仕事が終わったらしく、広場には大勢の女性が、ちょうど子供を迎《むか》えに来たところだった。ニキ君もそろそろ帰る時間だろう。

と、思っていたら、

「ニキー、そろそろ帰りましょう」

「母ちゃん！」

「リョウマ君、うちの子の面倒《めんどう》をみてくれてありがとうございました」

「いえいえ、今日はニキ君がいてくれて本当に助かりました」

「母ちゃん、俺スライムの世話の手伝いしたんだぜ！　いろんな種類がいて楽しかった！」

「そうかい、良かったねぇ」

「うん！　そうだ兄ちゃん、スライムが今日見つけた進化をするのにどのくらいかかる？　俺、スライムが進化するとこ見てみたい！」

「残念だけど、これから数ヶ月はかかると思う」

協力してくれたし、滞在中に見せてあげたいとは思うけどね。

「そっか……じゃあまた明日もスライムの世話していいか？」

「それなら歓迎《かんげい》だよ！　僕も助かるしね」

「やった！　じゃあ、また明日な！」

ニキ君はお母さんと手をつなぎ、逆の手を大きく振《ふ》りながら帰っていった。

■
■
■

その夜
「――と、こんな感じでした」

今日の出来事を話すと、居間に朗《ほが》らかな笑い声が響《ひび》く。

「それで明日の約束もしたんだ」

「随分《ずいぶん》と懐《なつ》かれたねぇ」

「まあ昨日のアレもあったしな」

ケイさん、メイさん、カイさんは、ニキくんが俺に懐いたと言う。

俺は趣味の話をしていただけなのだが、そうだと嬉しいな。

「ねぇリョウマ君。明日もあの子とゴミを集めるのかい？」

「そうなりますね」

「だったら家のゴミも持って行っておくれ。いいわよねお父さん」

「……」

お袋《ふくろ》さんに問いかけられ、無口な親父《おやじ》さんは飲んでいたお酒の器を置いて頷《うなず》いた。

「ご協力ありがとうございます。そろそろ料理がいい頃合《ころあ》いだと思うので、持ってきますね」

今日の夕飯は俺《おれ》が担当。メイさんとお袋さんが気遣《きづか》ってくれて、お米や色々な食材を集めてくれたお返しとして、寒い冬にピッタリな〝ブリ大根〟ならぬ、〝ホネナシ大根〟を作らせていただいた。

「お待たせしました！」

かまどから囲炉裏《いろり》に鍋《なべ》を移し、中の具を人数分の皿に取り分けて配る。

家長のホイさんから順に受け取って、皆《みな》さん興味深そうに食べ始めた。

「ん！　ウメェ！　味が染《し》みてるな」

「硬《かた》い根菜も柔《やわ》らかく煮《に》えてて美味しいね」

おっと、忘れていた。

「皆さん、これはお好みでどうぞ」

山葵《わさび》のようなカラシのような、〝ホラス〟を摩《す》り下ろして提供。

「やっぱりスープに溶くのとはまた違うねぇ」

「悪くない……ふーっ……酒に合う」

お袋さんが注いだ酒を一気に飲み干す親父さん。お酒が回り始めたのか、若干《じゃっかん》声が大きく、ホネナシ大根と酒を口にするテンポが早くなってきた。

皆さんの口に合ったようで一安心していると、

「リョウマも見てないで食えよ、なくなっちまうぞ」

「そうですね。では、いただきます！」

まずは気になる魚、ホネナシから……

じわりと汁《しる》を溢《あふ》れさせながら、するりと身に箸《はし》が入った。

加熱調理をすると骨が溶けてなくなるから〝ホネナシ〟。

煮込む時点では確かにあったはずの骨が、本当になくなっている。

適度な大きさにして口へ入れると、食感が妙《みょう》にトロリとしているが……まろやかで美味い！

「ふぅ、ふぅ……んん！」

今度は大根。暖かい湯気が立ち上り、ホッとする香《かお》りが鼻をくすぐる。

口の中へ入れた途端《とたん》にホロリと崩《くず》れ、広がる魚介《ぎょかい》の風味豊かな出汁《だし》。我ながら良くできた。

さらにもう一切れ、今度はホラスを付けて……うん！　ピリッとした辛味《からみ》がまた良い！

……決めた。アレを開けよう。

「ちょっと失礼して……『アイテムボックス』！」

「あれ？　それお酒？」

「はい。友人のドラゴニュートからの頂き物なんです」

アサギさんから大分前にいただいた大吟醸《だいぎんじょう》。大吟醸＝高級品というイメージがあり、なんとなくもったいなくて大事に保管していたこの１本。きっとここが開ける時だ！

器も出して、まず一杯《いっぱい》。

雑味のない、澄《す》んだ味わいの後に酒精が心地《ここち》よく鼻を抜《ぬ》けていく。

味の染みた大根を食べて、この大吟醸の酒を飲む……

「ふう――美味い！　今日は熱燗《あつかん》だとなおいいかな」

魔法道具《まほうどうぐ》のコンロで湯を沸《わ》かす準備を整えて……

「よければ皆さんもいかがですか？」

「お？　いいのか？　んじゃ遠慮《えんりょ》なく」

「飲みすぎないでよ、カイ兄さん」

「……坊主《ぼうず》、お前さんいける口だったのか」

「育ての親がドワーフでして。酒の神の加護もいただいています」

「酒の神様の加護か！　なるほどなぁ……ならその酒の用意ができるまで、この酒も飲んでみないか？　上等なもんじゃないが、この辺の地酒なんだ」

「ありがたく頂戴《ちょうだい》します」

饒舌《じょうぜつ》になってきた親父さんが薦《すす》めてくれた地酒をいただく。

ぐい呑《の》みのような器に満たされたお酒は牛乳のように白く、とろみがついている。まるで日本の〝どぶろく〟のようだ。口に含《ふく》むと原料だろう細かい粒《つぶ》の感触に、ほのかな酸味と強めの甘《あま》み。なんとなく甘酒《あまざけ》を思い出す味わい……だけどかすかに、覚えのある苦味が混じっている。

「もしかしてこれ、コツブヤリクサのお酒ですか？」

「わかったか。その通りだ」

「へぇ～……ちょっと驚《おどろ》きました。あれでお酒が造れるなんて」

鑑定にも出てこなかったし、長いこと食べていたのに、まったく気づかなかった。

「ああ、コツブヤリクサだけじゃダメだね。それをお酒にする草を使わないと」

「そんなのがあるんですか？　ケイさん」

「別に珍しくもないぜ？　そこらじゅうに生えてるし」

言うが早いか、カイさんが玄関《げんかん》へ向かい、扉《とびら》を開けた——かと思えば腰《こし》を屈《かが》め、足元の草を素早《すばや》く摘《つ》み取《と》り戻《もど》ってきた。

「うう、さぶっ！　ほれ、こいつだよ」

本当にそこらへんから採ってきたな……

犬がおしっこ引《ひ》っ掛《か》けそうな角に生えてるような、雑草にしか見えない……

少なくとも俺の知識にある薬草や毒草には該当《がいとう》しない……

「アタシらにとっても雑草みたいなもんだよ。酒造りに使えるだけで」

「雑草と食べ物を混ぜて酒にするなんて、一体誰《だれ》が考えたんだろうねぇ」

雑草……ウィードスライムに食べさせたら、栽培《さいばい》できるだろうか？

これは滞在中に実験することが1つ増えた。

そしてコツブヤリクサでお酒が造れたら、正直、かなり助かる。

ドランクスライムの餌《酒》代が浮《う》くし、街で補給する必要がなくなる！

「このお酒の作り方を教えていただける場所はありませんか？」

「興味があるのかい？　それなら明日にでも作って見せようかね」

「あれ？　母さん作れたの？」

「メイ、女たるもの白酒くらい作れなくてどうするんだい」

お袋さんの話によると、この白酒と呼ばれる酒は彼女《かのじょ》の母親の代あたりまで、各家庭で作るのが当たり前。嫁入《よめい》りには必須《ひっす》の技能だったらしい。ただし美味《おい》しく作るにはコツが必要で手間もかかるので、村が裕福《ゆうふく》になり、村人の懐《ふところ》に余裕《よゆう》ができるにつれて、酒造りの上手《うま》い人の家から購入《こうにゅう》するようになったのだそうだ。

「私も家で白酒を作らなくなっていたし……この機会に、メイにも我《わ》が家《や》に伝わる白酒の味を伝授しようかね」

「そんな味があったなんて初耳なんだけど？」

「まぁ、今飲んでるのより美味けりゃ、うちが酒屋になってただろうからね」

「期待できそうにねぇな！」

親父さんの一言で、再び居間が笑いに包まれる。

そうこうしているうちに、熱燗もできた。

「さぁ、もっと飲んで食べましょう！　はい、カイさん」

「ありがとな……カーッ！　おいケイ、この酒、美味いぞ。お前も飲んどけよ」

「え、そんなに？　じゃあ……僕も少しだけいいかな？」

「もちろんです」

こうして俺達《おれたち》は、会話に花を咲《さ》かせながら、美味しいホネナシ大根とお酒を楽しんだ。

外は寒いが、心と体は温かく。

新たなスライムの餌《えさ》の調達もできた満足感からか、寝床《ねどこ》に就《つ》くとたちまち眠気《ねむけ》に誘《さそ》われる……

6章14話　意外な進化

翌朝

「うう……寒っ！」

布団《ふとん》の隙間《すきま》から入り込んだ冷気のせいで、一気に意識が覚醒《かくせい》した。

毎朝冷えると思っていたけれど、今朝は輪をかけて寒い。

もうじき本格的な冬に入るのだろう……意を決して布団から出て、朝の支度《したく》を始める。

が、枕元《まくらもと》に用意していた服は冷え切っていて辛《つら》い！

「今日は厚着じゃ駄目《だめ》だな……」

自分の感覚に従って、別の服をアイテムボックスから出して着る。

それはフラッフスライムの綿毛を生地《きじ》の間にたっぷりと詰め込み、外側にスティッキースライムの防水加工を施《ほどこ》した〝ダウンジャケット〟もどき。

ファスナーが再現できなかったため前はボタンで閉じる仕様だが、手首部分にはラテックススライムの体液から作ったゴムを使用。適度な締《し》め付《つ》けで外気の流入を防ぐ、冬支度《ふゆじたく》として作っておいた防寒着である。

着心地《きごこち》と防寒性能を確認しながら、今日も頑張《がんば》ろう！

■　■　■

……と、気合を入れた朝から、あっという間に一週間が経過。

基本的には朝から午前中は漁の手伝い（マッドサラマンダー討伐《とうばつ》）。午後はニキ君とスライムの世話と研究。夜は夕食の準備や翌日の用意。その繰《く》り返《かえ》しだったけど、細々した事は色々とあった。

ざっと思い返すと……
・1日目
朝は前日と同じく、マッドサラマンダー討伐の準備を進めていると、ディメンションホームから出たリムールバード達の様子が変だった。

聞いてみたところ、

『働けないことはないけど、寒い』

という意思が伝わってきた。

野生のリムールバードは渡り鳥のような生態を持っている。本来なら今頃《いまごろ》はもっと暖かい地域に移り住んでいるのだろう。

……ということで、この日からリムールバードは討伐に参加せず、ディメンションホームで待機してもらうことになった。

もちろんストレス発散のため、外に出る時間は用意しているけれど、それでも30分も飛んだら帰ってくる。

幸い、ディメンションホーム内の気温は一定ですごしやすいみたい。

ギムルに戻ったら彼らの意見を聞きながら、冬を越《こ》す準備を整えていこうと思う。

なお、同じ鳥系のクレバーチキンもたまには外に出たいかと思ったが、代表のコハクが言うには気にする必要はないとのこと。……クレバーチキン達は相変わらずのようで、だいぶオブラートに包んだ表現だったと察した。今度彼《かれ》にはなにか美味しい物でもあげよう。

また、この日の夜にはお袋さんからコツブヤリクサのお酒造り（下拵《したごしら》え）を学んだ。

さらにその作業中には、加工作業場で昼食を作る役割は持ち回りで、２日後から自分の番が来るという話から始まり、〝毎日のメニューを決めるのが大変〟、〝男達はいつも決まったもので飽《あ》きたと文句を言うやつがいる〟、〝こっちは頑張って、皆の健康も考えて作ってるのに〟等々……主婦の本音をたっぷりと聞いた。

前世では結局結婚《けっこん》せずに死んでしまったが、今度の人生ではさすがに、いつかは結婚するかもしれないので気をつけよう。

・2日目

朝の漁、そしてマッドサラマンダー討伐は3日続けて1日休む。

この日は休みの日だったけど、目が覚めてしまったので、軽く湖のほとりを走って足腰《あしこし》を鍛《きた》えることにした。

その際、砂地での移動が困難だったアイアンスライムとメタルスライムも外に出し、彼らのペースで砂地を走る練習をしてもらったところ、終わる頃《ころ》には明らかに他より速く進めるようになった個体が3匹現れた。

この3匹を魔獣鑑定《まじゅうかんてい》で確認したところ、〝悪路走破〟というスキルを習得していた。まだレベル1であったけれど、こういうスキルがあるということは、鍛えていけば普通の道と同様に砂地を走ることもできる。そんな可能性を感じた。

また、昼に約束していたニキ君にそのことを話しながらゴミを集めていると、村長さんが村の共用品倉庫にある古い大網《おおあみ》（毎朝の漁で使っている地引網《じびきあみ》）をくれた。

網はスライムに新たな進化をしてもらうための餌の1つ。正直、網はいくらあってもありがたい。心からの感謝を伝えると村長は少々困っていたようだけど、そんなに感謝してくれるなら……と、村の備蓄《びちく》にする薪拾《まき》いをしてくれないかと言われ、快く引き受けた。

なお、その後、

「兄ちゃん……良かったのか？」

「え？　こんなに大きな網をもらえたんだから、少しくらいお礼しないと」

「毎年、漁期が終わったら祭りがあるんだけど、修理できない網はその時に焚《た》き火《び》にくべて焼くんだ。だから兄ちゃん、どうせ捨てるゴミで村の仕事まで押《お》し付けられたんだって」

「あー、なるほど、そういう考え方もあるか……でもまぁ、俺にとっては価値あるし、薪を取りにいくってことは、あの森に入るだろ？　そしたらこの土地のスライムも探せるし、なんだったらこの辺にいるっていうマッドスライムが見つかるかもしれない。どのみち滞在中に1回は探しに行くつもりだったから、丁度いい機会だよ」

「兄ちゃん、気をつけないと誰かにいいように使われそうだな……」

ニキ君はそんな風に呆《あき》れていたみたいだが、スライム探しとついでに薪拾いにもきっちり協力を約束してくれた。いい子である。
・3日目
この日の朝のマッドサラマンダー討伐は、前の3日間と比べてやや参加者が少なかった。

というのも前日のうちに、滞在していた冒険者《ぼうけんしゃ》の大半が、別の村の防衛に向かったから。

参加者１人あたりの負担は増えたが、連日のスライム活用に皆さん慣れてくれていたので、特に問題はなかった。

死体回収は体力だけでなく、空間魔法のトレーニングにも良さそうだ。

昼食後はニキ君の手伝いが終わるのを待って、スライム捜索《そうさく》と薪拾いのため森へ。

話し合いの結果、スライム探索《たんさく》に集中するべく、薪拾いは先に終わらせることになった。

ただその時……何気なく切《き》り倒《たお》した木を肩《かた》に担《かつ》ぐと、ニキ君が俺を尊敬の目で見ていた。

マッドサラマンダー討伐ではスライム達を活用しているし、俺の外見は小学生。

正直、俺自身にそこまで力があるとは思っていなかったらしい。

仕方ないとは理解しているけど、ちょっと悲しかったので、少々張り切って薪集めをしてみせた。

ちなみに村長さんにはかなり喜んでいただけたようで、帰る俺とニキ君に、イカとクラゲを合体させたような生物を桶一杯《おけいっぱい》に持たせてくれた。ニキ君曰《いわ》く、そこそこ貴重な食べ物らしい。

その夜、イカ?飯にして食べたら、記憶《きおく》にあるイカ飯より美味しかった気がした。
・４日目
空間魔法による死体回収のために、新魔法をいくつか考案した。

1つめは以前、学者であり冒険者のレイピンさんが使っていた、対象を手元に転移させる〝ピックアップ〟を参考に、手元から遠くの目標地点へ送り出すようにした〝ドロップオフ〟。

2つめはアイテムボックスやディメンションホームの要領で手元に入り口を、同時に送りたい場所には出口を作り、2つを繋《つな》げる〝ワームホール〟。

それまでは自分と一緒《いっしょ》にマッドサラマンダーを転移させていたので、一度運んだら次を運ぶために一度戻《もど》らなければならなかった。この一度戻るという行動にかかる魔力《まりょく》や体力が不要になったので、より効率的な死体回収が可能になった。

現在はさらに、〝ドロップオフ〟の送り先を〝アイテムボックス〟に指定して、対象を直接アイテムボックスへ放り込めないかと検討中。

昼食後はクリーナースライム達と加工場の食堂の皿洗いを手伝いながらニキ君を待つ。

するとこの日のニキ君は、お母さんと村の奥様方《おくさまがた》を数人連れてきた。

話を聞けば、全員ゴミを引き取って欲《ほ》しいとのことだったので、ありがたくいただいた。

また、中には言葉を濁《にご》しつつ、〝トイレの中の物もできれば処理して欲しい〟と相談をしてきた人もいた。おそらくニキ君から、スカベンジャーの餌の話を聞いたのだろう。

そちらは希望者のお宅に伺《うかが》い、トイレの中に数匹のスカベンジャースライムを派遣。帰りに回収させてもらうことにして、この日はゴミを回収してから改めて森へスライムの捕獲《ほかく》に向かった。

なおこの日捕獲できたスライムは3匹だった。

・5日目

この日は前日の話を聞きつけた他の奥様方が待っていた。

トイレ掃除《そうじ》の報酬《ほうしゅう》としてゴミや余った食材をいただくことで話がまとまった。

大量のスライムの餌を手に入れた！

・6日目

漁と討伐が休みの日。

朝のランニングから帰ると、もはや当たり前のように、一時的なゴミ置き場として借りている広場にはゴミが運び込まれていた。

挨拶《あいさつ》ついでにゴミを持ってきていた大人に話を聞くと、どうせ年末には大掃除《おおそうじ》をするし、俺が引き取るなら処分も楽だからと笑っていた。

「これで中途半端《ちゅうとはんぱ》に必要なものだけ選んで、それ以外を適当に捨ててたり、湖を汚《よご》すようなら許さなかったけど、そうでもないみたいだしな！」

――なんて冗談《じょうだん》めかして口にした人もいたが、本人含めて誰も目が笑っていなかった。

しっかり処分できて良かった。そして今後も責任を持って処分しようと思う。

なお、この日は大量の餌のほかに、村長さんから壷《つぼ》に押し込められたスライムが20匹。

お礼として届けられた。

村長さんが言うには、俺はマッドサラマンダー討伐、ゴミ処理、そして薪拾いで役に立っている。討伐は別に報酬があるとしても、残り2つはさすがにお礼がゴミや余り物だけだと心苦しいとのこと。

俺は本当にゴミや余り物でも感謝していたのだけれど、村長さんの立場からすると、些《さ》細《さい》なことでも貸し借りは作らずにおきたいのかもしれない。是非《ぜひ》にということなので、ありがたくスライムを受け取った。

ちなみにお礼がスライムだったのは、村長さんがお礼の仕方を考えていた時に、ニキ君が俺にはスライムだ！　と断言したらしい。

流石《さすが》、よくわかっている。

思いつく限りの感謝を伝えると、ホッとしたように村長さんは帰っていった。
・7日目
死体回収で空間魔法を使い続けた結果、少しコツをつかんだ気がする。

厳密にデータは取っていないが、複数を同時に転移させる際の成功率が上がったと思う。

昼からは冒険者ではなく、もはや廃品回収業者《はいひんかいしゅうぎょうしゃ》。

重いものを運べないお年寄りの家からゴミを回収して村を回る。

走り回り、空間魔法をフル活用。討伐に続いて、これもいい鍛錬《たんれん》に思えてきた。

この日は捕《つか》まえたスライムが4匹と、回収のお駄賃《だちん》としていただいたスライムが8匹。

そんな日々を経て、現在。

俺の目の前にはこの1週間の奇跡《きせき》。

否《いな》、村の人々のご好意と、ゴミを集め続けた成果というべきスライムが2匹。

そう……たった1週間で2匹のスライムが、新たな2種に進化したのだ!!

片方は網《あみ》を食べ続けたメタルスライム。

外見的にはメタルスライムの時とあまり変わらないが、体が一回り小さくなっている。

肝心《かんじん》の種類と能力はどうなっているだろうか？

「『魔獣鑑定』」

〝ワイヤースライム〟

スキル　硬化《こうか》（3）　伸縮《しんしゅく》（3）　物理攻撃耐性《こうげきたいせい》（2）　高速移動（3）　消化（3）　吸収（3）　分裂《ぶんれつ》（2）

「ワイヤー、言ってみれば金属の糸……ってことは餌として欲《ほっ》していたのは〝網〟じゃなくて、原料の〝糸〟だったのか？　スキルはほぼメタルと変わらないな。唯一《ゆいいつ》、増えてるスキルは〝伸縮〟か……今までも武器に変形したり、伸《の》び縮《ちぢ》みはしてたと思うけど」

ためしにスキルを使うよう指示してみると、ワイヤースライムは体の一部を、うちのスライムがよくやる触手《しょくしゅ》のように伸ばした……かと思ったら、その先をさらに細い糸状に伸ばし始めた！

「これは……1m、2m、もっと伸ばせるのか？」

……どうやら、まだまだ伸ばせるらしい。しかも激しく動かしてアピールしているところを見ると伸ばした糸も触手と同じ、いや糸の部分は細くて軽くなっているのか、太い触手以上に自在に動かせるみたいだ……

しばらく伸ばしてもらうと、本体が僅《わず》かに小さくなった気がする。伸ばせる限界はワイヤースライムの体積まで？　……検証はまた今度するとして、これは幅広《はばひろ》い用途《ようと》が考えられる。とても便利そうなスライムだ！

「そして……こっちは、アレだよなぁ……こんなにデカイの見たことないけど」

もう1匹のスライムは卵と貝殻《かいがら》を食べていた、元アシッドスライム。

餌の共通点から炭酸カルシウムを考えていたのだけれど、結果はまったくの予想外。

乳白色の体に独特の光沢《こうたく》があり、光を受けて美しく輝《かがや》いている。

それは、

〝パールスライム〟

スキル　保護体液精製（3）　被覆《ひふく》（3）　結晶化《けっしょうか》（3）　消化（3）　吸収（3）　分裂（2）

「やっぱり、間違《まちが》いなく〝真珠《しんじゅ》〟だったか」

いったい何がどうして酸から真珠に……貝殻は食べさせてたけど、あれ真珠貝《しんじゅがい》じゃないし……あ、でも貝の内側に真珠層ができる貝は色々あったっけ？　それに真珠の主成分も炭酸カルシウム。そう考えれば、予想の範疇《はんちゅう》……か？　元がアシッドで餌が貝殻と卵……ん？　酸と卵？　酸……酢《す》と卵ならマヨネーズが作れる。マヨネーズと真珠で考えると、思い当たることが1つ。昔、そのまんま〝マヨネーズ真珠〟って化学実験があったけど……

いや、どうしてこうなったかも気にはなるけど、それ以上に問題がある。

地球の中世あたりでは真珠の養殖《ようしょく》技術がなく、海に潜《もぐ》って野生の真珠貝から採取するやり方では1万個の貝から数粒《すうつぶ》しか採れず、非常に高価だったと言われている……と、昔読んだラノベには書かれていた。

この世界、この国における真珠の価値については、正直なところ正確にはわからない。

しかし薬学の知識に貴重で高価な材料だとあるので、真珠が世間に知られていないということはないだろうし、それなりの価値があるはずだ。

そしてこのパールスライムは巨大《きょだい》な真珠に見えるため、これだけでもかなりの値段がつきそうだけれど……保護体液精製、被覆、結晶化、これらスキルを見る限り、おそらくだけれど、真珠の養殖ができるかもしれない。

まだ可能性の話だけど、もし可能なら？

パールスライムは高価な真珠に似ていて、真珠を生み出せるスライム。

その価値を考えれば、おかしな連中に狙《ねら》われてもおかしくない。

下手に他人に見せたり、話をするのはやめたほうがいい。

しかし……

「ニキ君にはなんて言おうか……」

毎日餌あげるの楽しみにしてるんだよなぁ……だからアシッドに卵と貝殻を与《あた》えてたことまでは知ってるし……マジでどうしよう……

「リョウマー？　まだ寝《ね》てるのか？」

「ッ！」

びっくりした……カイさんか。

「起きてますよー」

「そうか。もう飯の時間だぜ」

「ありがとうございます、すぐ行きます！」

いつの間にか、そんな時間になっていたようだ。

……とりあえず、朝食を食べに行こう……

6章15話　呼び出し

「ふぅ……」

今日はなんだかあっという間に討伐と食事が終わってしまった。

あとはニキ君を待つだけ……

「兄ちゃん！　仕事終わったよ！」

そして彼《かれ》の仕事も早く終わったらしい。

「おお……」

「？　どうかしたか？」

「いや……今日は1つ伝えないといけないことがあってさ。実は……」

まず、ワイヤースライムが進化したことは嘘偽《うそいつわ》りなく伝える。

「えっ!?　もう進化したのか!?」

「そうなんだよ。ニキ君や村の皆さんが協力してくれたおかげで、大量の餌を与えられたからね」

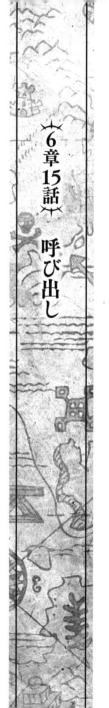

「見せて！　見せてくれよ！」

「もちろん。だから今日はゴミを回収したら、森でそのスライムに何ができるかを調べようと思うんだけど……」

「わかった！　じゃあ早速行《さっそく》こうぜ！」

ということで、待ち合わせをした食堂を出る。

ニキ君はワイヤースライムが早く見たいようで、いつもよりゴミ回収のペースが速かった。

おかげであっという間に回収は終わり。

薪拾いをした森の入り口へ移動し、実際にワイヤースライムを出してみせる。

「あれ……見た目は変わらないのか？」

「うん。見た目は微妙《びみょう》に、本当に微妙に小さくなったかな？　ってくらいの違《ちが》いだね。でも」

体を長くて極細《ごくぼそ》の糸状に伸ばしてもらう。

「あっ！　へー、こんなことできるようになったんだ……餌は網だったし、これも網みたいに使えるのかな？　太さが変わったり？　あとどこまで伸ばせるんだ？」

「ならまずはそれから調べてみようか」

ワイヤースライム自身に聞いてみると、伸ばす糸の太さは調整可能。ただし、太いと長くは伸ばせないようだ。

伸ばせる限界距離《きょり》については、朝の時点で体積が関係しているかと予想していた。試《ため》しに糸を円柱状に、一定の太さで伸ばしてもらったところ、限界距離は約40ｍ。そこから体積を計算し、球体のワイヤースライムの体積も計算したところ、ほぼ一致《いっち》。ただ体は伸縮自在でも核《かく》は違うらしく、限界まで伸びてもらった時には核と思われる球体がむき出し……実際には薄《うす》い体に包まれていたけれど、場所は一目でわかる状態だった。体積については誤差の範囲《はんい》でいいけれど、急所が丸わかりになる、というのは注意が必要になりそうだ。

さらにニキ君が言ったように網になれるのか、というような形状の変化も合わせて調べてみたところ、糸は体のどこからでも出せて、複数本を同時に出すことも可能。出した糸同士を絡《から》めることも可能で、それにより網や太いロープを編むこともできた。

さらに進化前、メタルスライムの時に身につけた形状変化もできなくはない。ただし、伸ばした糸を有刺《ゆうし》鉄線のようにしたり、伸ばした糸の側面に細かい刃《は》をつけて糸鋸《いとのこ》のようにしたりと、糸＋αの変化に限定された。

「……こんなところかな。さて次なんだけど……ニキ君、スライムが進化する瞬間《しゅんかん》は見たくないかな？」

「見たい！　見れるのか？」

「ああ、実は1種類だけ、すぐに進化させられるスライムがいるんだ」

今度は先日捕獲したり、いただいたりしたスライム達《たち》を出してみせる。

「スライムは色々な餌だけでなくて、魔法を使うための魔力にも反応するんだ。そして特定の属性の魔力を一気に、大量に与えると、その属性の魔法を使えるスライムに進化する」

「そういえば兄ちゃんの魔法スライムって、進化させたって言ってたよな。そうやって進化させたのか」

「最初は偶然《ぐうぜん》だったけどね。どの属性の魔力を好むかは生活環境《かんきょう》によるんだと思う。僕《ぼく》が拠点《きょてん》としている場所では土と闇《やみ》の属性以外はほとんど見つからなかったし、火魔法を使うファイヤースライムは火山地帯で見つかったって話を聞いたことがあるから。

で、本題なんだけど……この村の近くで捕まえたスライム達がどの属性の魔力を好むか調べてみたら、ほとんどが水属性の魔力を好んだんだ」

「ってことは、水魔法《みずまほう》が使えるスライムになれるんだな？」

「そうだね。進化させるための魔力は僕が供給できるから、今すぐにでも進化させられる。僕も水魔法を使えるスライムは持ってないから欲しいし、実際にやってみようと思う」

手から水属性の魔力を放出し、一番早く寄ってきた1匹《びき》をニキ君との間に配置。

そして彼が注目しているのを確認《かくにん》し、そっと水属性の魔力を注ぐ。

「手元に吸い付こうとしてるみたいだな……」

ニキ君がスライムを見て、そんな感想を口にした。スライムも俺《おれ》が注いだ魔力を取り込もうと、手元へ体を伸ばしているからそう見えるのかもしれない。

そして俺が納得《なっとく》しているうちに、スライムは十分な魔力を吸収できたようだ。

伸ばしていた体を戻し、ゼリー状の体で座《すわ》りの良い場所を探すように。

数回の振動《しんどう》と微調整《びちようせい》?を繰り返した後、完全に動きが止まり、微量《びりよう》な魔力を発し始める。

「……動かないな……」

ニキ君は魔力を感じていないみたいなので、スライムが魔力を発していることを伝える。

「へぇ……俺は魔法使えないし、ただじっとしてるだけに見えるなぁ……ねぇ兄ちゃん、魔力の様子ってどんな感じなんだ?」

「ん～……言葉にするのは難しいけど……波みたいな感じかな……スライムから細かい波が出ていて、それが流れになって、スライムの体に戻ってる……自分で吐《は》いた息を吸い込んでるみたいでもある。

進化の瞬間を見るのは難しくて、あんまり多くないんだけど……魔法系スライムだけじゃなくて、メタルスライムに進化するときにもこの魔力の出し入れ?をしていたから、スライムの進化には必要な行動なのかもしれないね」

「そっか……あ」

だんだんと体の色が変わってきた。と言っても透《す》き通《とお》る体が少し青みを帯びた程度だが……スライムは少しずつ、本当に少しずつ青空のような色に変化していき、やがて魔力の放出と吸収が止まる。

鑑定《かんてい》すると、

ウォータースライム

スキル　水魔法（2）　水属性耐性《たいせい》（8）　水属性魔法吸収（1）　ジャンプ（1）　消化（3）　吸収（3）　分裂（1）

「無事に進化できてるね」

試しに魔法で水を生み出して欲しいと伝えると、ウォータースライムは思ったよりも勢い良く、噴水《ふんすい》のように水を噴《ふ》き上《あ》げた。

「おー、本当に魔法使った！　他にはなにができるんだ?」

続けて攻撃魔法《こうげきまほう》のウォーターボールなども放ってもらうと、ニキ君は手をたたいて喜んでくれる。そしてスライムの魔法を一通り楽しんだ後は、今後の実験に使うスライム捕獲のために、森の中を駆《か》け回《まわ》ってくれた。

本日の成果はスライム15匹。

■■■

「あれ？　どうしたんだ」

「なんか騒《さわ》がしいな？」

村に戻ると、ニキくんの言う通り。普段《ふだん》なら村の人は家に帰り始め、あるいは夕食の準備を始めていてもおかしくない時間帯なのだが、道端《みちばた》に出ている大人が大勢、それも近くにいた人と何かを話し合っているようだ。

「ちょっと聞いてみようぜ。おばちゃーん！」

「え？　ああ、ニキにリョウマ君ね。また森に行ってたのかい？」

「そうだぜ。で、今帰ってきたんだけど、何かあったの？」

「それがねぇ、さっき領主様からの使いが村に来てね、明日この村に領主様が来られるそうだよ」

「領主様が⁉　なんだってまた急に？」

「それがさ――」

ニキ君と話していたおばさんの視線が、ふと俺へと向く。

「リョウマ君に会いたいとか」

「えっ⁉　僕にですか？」

「らしいよ。あたしには細かいことはわからないけど……本当ならホイさんとこにも連絡《れんらく》が入ってると思うし、なんなら村長の家を訪ねてみたらどうだい？　お使いの騎士《きし》様に対応したのは村長だし、詳《くわ》しく知ってるはずさ」

「ありがとうございます。行ってみます」

ここの領主様から呼び出しを受ける理由に心当たりは……ない。

俺は領主様のことを少し、話には聞いているけれど、向こうは俺を知らないはずだ。

一体何故《なぜ》……とにかく帰る前に、暗くなる前に村長さんのお宅に行ってみよう。

おばさんにお礼を言い、ニキ君とも途中《とちゅう》で別れて早速向かう。

すると、玄関前《げんかんまえ》で村長さんと遭遇《そうぐう》。ちょうどどこからか帰ってきたようだ。

「おや、リョウマ君。ちょうど良かった、今ホイのところに行ってきたところなんだがね」

「明日、領主様が村に来られるという話ですね。先ほど僕も、少し噂話《うわさばなし》を聞きました。領主様が僕に会いたがっていると……なぜでしょう？」

「日々の漁と討伐で活躍《かつやく》しておるからじゃろう。領主様は陣中見舞《じんちゅうみま》いに来てくださるそうじゃからな。君だけでなく、カイ坊《ぼう》やケイ坊も呼ばれておるよ」

なんだ、そういうことか……

「良かった……お呼び出しを受けるような心当たりがなかったので、知らないうちに何かしてしまったかと」

「ははっ、あまり心配せんでよろしい。ここの領主様は気さくで優《やさ》しいお方じゃ。普通《ふつう》にしておればすぐ終わるじゃろうて」

「そうですか。ありがとうございます」

あ、そういえば……

「村長さん。僕、とある方からもし領主様とお会いすることがあればと紹介状《しょうかいじょう》を頂いているのですが……」

それは現公爵《こうしゃく》、つまりラインハルトさんからの紹介状。もしもファットマ領で何かあったら使うようにと、公爵家からギムルに帰る前に渡《わた》されていたものだ。領主様と会う予定はなかったたし、使うことはないと思っていたのだけれど……アイテムボックスに入れていて良かった。

「ふむ……であれば面会の直前に私が預かろう」

「わかりました。明日またよろしくお願いします」

「こちらこそ明日の漁もよろしく頼《たの》むぞ。それから暖かくして寝るんじゃよ」

村長さんに見送られながら帰路に就く。

そしてその道中、いつもの広場を通り抜《ぬ》けようとすると、広場の隅《すみ》にある祠《ほこら》が目について、気になった。

その古い祠には長年雨風に晒《さら》されていたのか、やけに表面の磨耗《まもう》が激しい神像と思われる石が祭られている。

「……少し、祈《いの》っていこうかな」

考えてみたら、貴族と関《かか》わるのは明日が二度目だ。噂《うわさ》を聞く限りいい人らしいけど、まさか護衛も付けずに1人で来るということはないだろうし、何事もなく済みますように……

そう願い、祠の前で手を合わせる。

「!!」

目の前が白く輝いた。

教会じゃなくても呼ばれるのか……

■ ■ ■

「うっ⁉」

不意に感じた浮遊《ふゆう》感。

これまでにない呼ばれ方に驚《おどろ》いて目を開けると、目の前にナニカが広がっていた。

――水⁉

認識《にんしき》できたのとほぼ同時に、その中へ落下。

どれほどの高さから落ちたのかはわからないが、衝撃《しょうげき》はそれほどでもない。

しかし水が体に重くまとわりつき、どんどん沈《しず》む。浮《う》き上がる気配がない。

「心配しなくて大丈夫《だいじょうぶ》。息はできるよ、やってごらん」

「⁉」

不安を覚え、水を掻《か》こうとしたところで、声が届いた。

……本当だ。体の自由は水中相応だけれど、呼吸は不思議と苦しくない。

落ち着いて、上から聞こえた声を追って、視線を向ける。

そこには眩《まぶ》しい光を背にした、水中を漂《ただよ》う中学生くらいの人影《ひとかげ》。

人影はスルリと水の中を滑《すべ》るように俺の隣《となり》へ、ここでようやくはっきりと姿が見える。

「やぁ、こんにちはぁ」

「こんにちは、リョウマ・タケバヤシです。……失礼ですが、水場と漁の神、セーレリプタ様ですか？」

「あれぇ？　僕、名前言ったっけ？　よくわかったねぇ、僕の像ってたくましい男の姿ばかりのはずだけど」

どうやらご本人、いや神で合っていたようだ。

確かに……知識にある一般的《いっぱんてき》な神話での彼の姿は、たったいま自分で言った通り、たくましい海の男の理想像とでも言うべき姿をしていると言われている。

だけど今、俺の目の前で、なんだか緩《ゆる》くて中性的な声で話す彼は、伸び放題な印象の強い長髪《ちょうはつ》がまず目につく。またそのせいで、片目どころか顔の右半分は完全に隠《かく》れているし、見えている左半分は雪のように白く、目の下にはくっきりとした隈《くま》があり、健康的なイメージはない。

ゆとりのある服、というか布？　を幾重《いくえ》にも身に纏《まと》っているせいで体の線はわからないけれど、だぶついた袖《そで》から見える手は簡単に折れてしまいそうなほど華奢《きゃしゃ》だ。

とてもたくましい男には見えず、むしろ女の子のよう。……あと失礼だけど、引きこもり感が半端《はんぱ》じゃない。

俺が彼のことを予想できたのは、祈った場所が漁村で祭られていた祠だったし、何よりも、

「こんな水の中に落ちたので」

「あ〜、確かに水に関する神といえば、僕だねぇ」

彼は笑いながら、水中を漂っている。

身に纏った布の端《はし》がひらひらと、魚の尾《お》ひれのようだ。

「あはは、そう手足をせわしなく動かさなくても沈みはしないよぉ？　もっとこう、力を抜いて身を任せてごらん。その方が体が楽だからさぁ」

言われた通りに力を抜いてみると、確かに沈まず、丁度いい浮力《ふりょく》のおかげで体も楽だ。

「そうそう、楽にしていいからねぇ。言葉遣《ことばづか》いとかも気にしないで……ところで君ってガイン達に呼ばれて、よくこっちに来てるんだよね？」

「はい。時々ですが、お邪魔《じゃま》しています」

「僕って基本、人に神託《しんたく》とか与えないほうなんだけど、君には会ってみたかったんだぁ」

「会ってみたかった？　それは光栄、でもどうして……ああ、ガイン達みたいに俺を見ていて、何かが面白《おもしろ》かったとか？」

「いや、それはないねぇ。僕から見たら、ぜんぜん面白くなかったもん」

「あ、そうですか……」

「だってさぁ～、君って普通に漁村で生活してただけじゃない。想定外の危険な魔獣《まじゅう》が出たわけでもないしぃ、ただの村人生活なら他にも村人はいっぱいいるし。……冗長《じょうちょう》って言うかぁ、メリハリがないって言うかぁ……もちろん戦ったり冒険《ぼうけん》したりするのが全《すべ》てとは言わないけどぉ、普通の生活をダラダラ見せられても、最初は良くても飽《あ》きるよぉ。ねぇ、そう思わない？」

「はぁ……」

「全く同じとは言わないけど、似たようなことの繰《く》り返《かえ》しだし。どうせならもっと派手なことをするとか、見てるほうの気持ちになって考えてるぅ？」

「……確かに、日々の生活で他人から見た面白さを意識して生活はしていませんでしたが……」

「でしょぉ～？　それじゃあダメだよ～。まずねぇ――」

彼はのびやかに、そして途切《とぎ》れることなく、思いのほか鋭《するど》い言葉を投げつけてくる。

そして俺は、それを黙《だま》って聞いている。

確かに、日々の生活でそんなことを気にしてはいなかった。だけど、どうして俺は初対面の神様から、まるで漫画家《まんがか》や小説家に対する編集者のようなダメ出しを受けているのだろうか……

6章16話 水場と漁業の神（前編）

「――ってことで、わかったぁ？」

「はい。今後、絶対にとは申せませんが」

「それでいいよぉ。生活の都合もあるだろうしねぇ……あれ？　そういえば何でこんな話をしてたんだっけ？」

「え……確かセーレリプタ様が俺に会いたかったのはどうしてかと」

「あー！　そうだった。それで君が面白かったから？　って聞くから、そうじゃない、むしろつまらないのは何でかって話になったんだっけ！」

「はい」

「そうだそうだ。で、君を呼んだ理由はねぇ、君が気になっていたからさ。面白いって意味じゃないけどね」

　だんだんわかってきた。この神様は俺に対して面白くない、つまらないを連発するけど、別に悪気はないらしい。ただ心で思ったことが、そのまま口から出ている感じだ。

「では、どういうところが？」

「なんて言おうかぁ……この世界に新しい人が来たって話はガイン達から連絡されてたんだけど、君が今いる村に来て、チラッと見た時に思ったんだ。〝この子、僕にちょっと似てるかもぉ？〟って」

「俺とセーレリプタ様がですか？」

「セーレでいいよぉ、どうせ誰《だれ》も聞いちゃいないんだし」

「……じゃあセーレ、俺と似てるってどんなところが？」

「そうだねぇ…………………………どんなところだと思う？」

しっかりタメてそれか。めんどくさいタイプだなぁ……似てるところ……どこだろう？

この短時間でわかったことで、俺との共通点……

「引きこもりがち？」

「それ見た目で言ってるよねぇ？　事実だけどぉ」

「わりと無神経で一言多い？」

「否定はしないけどぉ……正確じゃないかなぁ」

「……根暗？」

「君も初対面なのに結構言うよねぇ……まぁ、全部ハズレてもいないけどぉ。でも正解は、もっと根本的な部分だよぉ」

　根本的な部分？

「人間には〝自分自身のことなのに、自分でも理解できない〟、そんな部分があるみたいだし、理解するのは難しいかなぁ？　こうして会話をしていても、表層に現れる部分と現れない部分っていうか、判断基準？　人格の根底？　ん～、言葉で説明するのって難しいなぁ。そもそも僕ってこんなに人と話したことないしぃ……」

　自分で理解できない自分は無意識とか、そういう概念《がいねん》だと思うけど……

「とにかく人でも神でも、色々考えたり感じたりする。その基本になる部分だと思ってくれればいいよ」

「では、なんとなくで理解しました。その根本的な部分が俺達《おれたち》は似ていると？」

「そうだね。あくまでも〝似ている〟ってだけだけどぉ……ちなみに僕の考え方を一言で言うと〝弱肉強食〟になるかな。君にもあるでしょ？　そんなところ」

「あるでしょって言われても。そうなんでしょうか？」

「わからないかな？　じゃあ、ちょっとお話しようか」

　見えない椅子《いす》に深く腰掛《こしか》けたような状態から、うつ伏《ぶ》せに体勢を変更《へんこう》し、決定事項《じこう》のようにどんどん話を進められてしまう。会話のキャッチボールがいまいち上手《うま》くいかない。

「あっ、もしかして僕、喋《しゃべ》りすぎかなぁ？」

「そんなこと……心を読まれましたか。でも勢いに少し戸惑《とまど》っただけですよ」

「よかったぁ。さっきも言ったけど、僕って滅多《めった》に人と、っていうか同じ神ともあまり話さないからねぇ」


よく喋るけど距離感がわからないのか、言いたいことを言いまくるというか。なんにしても口下手じゃないコミュ症《しょう》って感じだな。珍《めずら》しくはない。

「理解があって助かるよぉ。じゃあ話に戻《もど》るけど、君は今日、スライムの研究を手伝ってくれた子に対して、進化したパールスライムのことを秘密にしただろう？　それはなんでかな？」


組んだ手の上に頭を置いて首をかしげる彼は、知らなければ女の子と勘違《かんちが》いされそうだ。微妙にやりにくさを感じながら、素直《すなお》に答える。

「正確な価値はわからなかったけど、とにかく高価になりそうだったから。ニキ君はまだ子供だし、何も知らなければ情報が漏《も》れる心配もないし、安全かと思って」

「うん。その予想は正しいと思うよぉ。この世界における真珠の価値は、君が考えている以上に高いからねぇ。特に君のいるリフォール王国では、まだ採取できない宝石だから、売りに出せば余計に高値がつくだろうねぇ……

当然のように出所や入手ルートを探《さぐ》る人間もでてくるだろうし、それらを自分のものにしようと企《たくら》む人間は後を絶たないだろう。もちろん合法で穏便《おんびん》な手段だけじゃなく、非合法で非道な手段も厭《いと》わない人間も……

君なら知り合いに信用のおける商人もいるし、強い権力を持つ公爵家の後ろ盾《うしろだて》もある。襲《おそ》われたとしても、ほとんどの相手なら自分の力だけで対処できるだろう。だけどそのニキっていう少年にはそのどれもが欠けている。個人で動く泥棒《どろぼう》みたいな小悪党なら村人でも守れるかもしれないけど、闇ギルドや貴族に狙われたらひとたまりもないね」

笑顔《えがお》を絶やすことなく、当然のように残酷《ざんこく》な可能性を語るセーレ。

「君はよくわかってるね」

「このくらいは……大金が関わるものを手に入れたら、誰でも警戒《けいかい》するのが当たり前じゃないか？　前世の話だけど、宝くじの高額当選者には銀行から注意を受けたりもするらしいし」

「ぷっ、あははっ！」

突然《とつぜん》声をあげて笑われた。何か変な事を言っただろうか？

「ごめんごめん、君は自覚がないのかな？　それとも気づいていて知らないふりをしているのかな？」

「？　もう少しわかりやすく説明してもらいたいんだけど」

「ああ、うん。そうだね……まずね、君は〝当たり前〟って言ったけど、その当たり前を当たり前のように行うのは意外と難しいんだよ？　例えば人間社会では礼儀《れいぎ》として、人と会ったら挨拶《あいさつ》をするのが〝当たり前〟だよね？　でもそういうのが当たり前にできなくて怒《おこ》られる人って結構多いんじゃない？」

「……確かに。俺も会社でよく言われた覚えがあるし、後輩《こうはい》に言った覚えもある」

「そうだよね。大切なことだけど、人は当たり前のことを意外とおろそかにしがちなのさ。さっきの宝くじの話だって、それで失敗する人が沢山《たくさん》いたからこそ、銀行が注意するようになったんだろう？　まぁ、注意を受けても失敗する人間は失敗するだろうけど」

確かに……だけど、それでもまだ微妙に腑《ふ》に落ちない。

元は俺に弱肉強食を信条とするところがある。という話ではなかったか？

「別に話はそれていないよ。要は警戒心の話さ。君は大金を入手する可能性から自然とそれを奪《うば》いに来る人間を警戒した。警戒心というのは弱肉強食の世界においてとても大切なことだよ。警戒心のない生き物は、過酷《かこく》な自然の中では生き残れないだろう。すぐに殺されてしまうからね。

あと、君のお店では元暗殺者を2人雇《やと》っているよね？　君は雇う前にそれに気づいたでしょぉ？　武器を隠し持っていたから、何か違和感《いわかん》を覚えた……理由なんてどうでもいいけど、それを隠して気づかせないのも暗殺者には必須《ひっす》の技能。一般人《いっぱんじん》に簡単に気づかれるようじゃ三流以下だ。君が雇ってる2人はそんなに無能なのかな？　違うよね。つまりはそれだけ君が常々、無意識に他人を警戒していたってことさ」

……

「弱肉強食、それは野生の世界。獣のすることだから自分達には関係ない、なんて人間は思っているかもしれないけど、僕から見れば人間だって獣と同じさ。同じ世界に生きているんだし、やり方が少し違うだけでね。

例えば……」

最後の呟《つぶや》きがやけに大きく聞こえた、次の瞬間。

「君は色々な物を作ったり、へんな事を知っていたりするよね？　それはなんでかな？」

「！」

唐突《とうとつ》かつ関係のない話にも思える質問。

だがそれを聞いた瞬間、心臓が跳《は》ね上がったような気がした。

「色々な仕事を経験したからな……それに気になることがあったら調べる方だったし、向こうにはネットっていう便利なものがあったから」

「ということは、職を転々としたんだよね」

「若干語弊《じゃっかんごへい》がある気がするけど、間違《まちが》ってはいない」

「ならその都度、それまでの職場は辞《や》めたんだよね？」

「そうだけど」

なんだろうか？　ただ当たり前のことを質問されているだけなのに、不安？　それとも焦《あせ》り？　言葉にできない感情が湧《わ》き上がってくる。

「君はたくさんの職場を辞めてきた。その理由は答えて言ったらきりがないだろうから、こう聞くよ。君は全ての職場で円満退社してきたのかな？」

「それは」

謎《なぞ》の感情が膨《ふく》れ上がる。

「そんなわけないよね。人間は仕事を辞めるのにもそれなりの理由が必要だと聞いているもの」

確かに、すべての職場を円満に退社できたわけではない。

「色々あったんだねぇ」

ある時は同僚《どうりょう》や上司との人間関係が悪くなり、追い出されるように。

ある時は身に覚えのない容疑をかけられ。

ある時は一方的に罵倒《ばとう》されて理由もわからず。

ある時は雇い主の都合で。

ある時は会社の倒産《とうさん》。

ある時は――

彼の声を聴《き》くたびに、頭の中で過去の光景が浮かんでは消えていく。

それはまるで濁流《だくりゅう》に飲み込まれるようで、気持ちが悪い。

「う……っ！」

「ごめんねぇ。嫌《いや》なことをたくさん思い出させてしまったみたいで」

気分の悪さをこらえていたら、いつのまにかセーレリプタ様がすぐ近くにいて、抱《だ》きしめられた。そして子供をあやすような声が続く。

「でも、それが君の一部なんだ。君は肉体的な意味では強くても、社会的には弱者側の人間。そして君が経験してきたことは、間違いなく君の魂《たましい》に刻み込まれてしまっている。それを……この世界に来てから何年だっけ？　ああ、森に3年で今4年目か。たった4年だよ。たった4年、気ままに快適に暮らしたからって忘れられるものじゃない」

不思議と今度は声が聞こえるたびに、気分が落ち着いていく。

「一度心を病《や》んでしまった人間の治療《ちりょう》には、どれくらいの時間がかかると思う？　もちろん状態や人によるだろうけど、一生付き合っていく人間もいるんだ。3年も休めば十分だろう、甘《あま》えるな、なんて考え方には配慮《はいりょ》が足りないね。たとえそれが自分自身に対してでも。……君はもっと自分を大切にすべきさ。

君はこの世界で4年、楽しく生活して前世の悩《なや》みはきっぱり忘れたつもりだったんだろう？　そう思いたくなる気持ちもわからなくはない。実際に君は以前よりも、生活も心も楽に感じていたんだろう……けどそれは小康状態にあるだけ。こうして少しつつけば簡単に抉《えぐ》り出《だ》せてしまう。

そもそも小さなきっかけで前世のことを思い出したりは日ごろからしていたみたいだしね」

前世を思い出した、たったそれだけでさっきの不快感が？　何か変だ……でも心地《ここち》よい……

「……本当は、心の底では君にもわかってるはずさ。思い出してごらん？　君は、最初にガイン達に願ったんだよね？　〝人から離《はな》れて暮らしたい〟と。〝自然の中で自由に生きたい〟と。他《ほか》ならぬ〝君自身〟が」

「それは――」

……確かにそうだ。間違いない。

「それが答えさ。君はあのまま、人間から離れて暮らしていればよかったんだ。そうすれば君は本当の意味で、自由でいられたのに……ガイン達が中途半端《ちゅうとはんぱ》な環境に送り込むから、君は心が癒《い》えきらないうちに人間社会に戻されてしまった」

「！　待ってくれ！」

「……ああ、別にあの公爵家の人間達を悪く言うつもりはないよ。彼《かれ》らは見ず知らずの、縁《えん》もゆかりもない子供を保護して世話を焼いた。人間としては善良の一言に尽《つ》きる。それはわかってるさ。

でも、君は結局、彼らから離れた」

「ッ!!」

あの不快感の再来。より強く、より重く、反論したいのに言葉が出ない。会話になっていない。にもかかわらず、どんどん話は進んでいく。

「それに君は、人間の仲間を作らないね？　行く先々で出会う人間と縁を結んでは仲良くしているけれど、常に一緒《いっしょ》に冒険《ぼうけん》する仲間は従魔《じゅうま》だけ。君の実力なら、外見は気にせず仲間にしたいって人はいくらでも見つかるはずなのに。なんならもう顔見知りの冒険者《ぼうけんしゃ》に話を持ちかけてもいいはずなのに。店を構えて拠点の街を作っても、修業《しゅぎょう》を理由に行ったり来たり。

……無意識だろうから教えてあげるよ」

〝君は心から他人を求めている、でも他人と親しくなるのが怖《こわ》いのさ〟

6章17話 水場と漁業の神（後編）

怖い？　どうして？　頭に霧《きり》がかかったようだ……

「さっき話しただろう？　君の経験した理不尽《りふじん》の山が、君の魂には刻み込まれてしまっている。君は確かに村のような集団に、他人と共に穏《おだ》やかに生きることに憧《あこが》れを抱いている。そして平和な日常に喜びを感じている。それは間違いない。

でも、君は知っている。それが口でいうほど簡単な話ではないことを。現実はそんなに優しくないことを。今の幸せが、些細《ささい》な理由があれば崩《くず》れ去《さ》る程度に脆《もろ》いものだということを。人間には欲があり、自分と違《ちが》うものに恐怖《きょうふ》を感じ、排斥《はいせき》もすることを。

だから君は〝甘い理想〟を心の底から望みながらも、常に現実が忘れられず警戒してしまう。無意識でも普通の人間以上に。ある意味で〝異常〟と言えるくらいに。敵だらけの自然の中で息を潜《ひそ》める獣のように……いわばコインの表と裏なのさ」

「……なら、どうすればいい？」

思わず口から出た一言。

それを聞いて、何故かセーレは目を丸くした。

かと思えば、ケラケラと笑いながら離れて、抱き締《し》める前の体勢に戻る。

「難しいけど、僕《ぼく》のおすすめは〝もっと自由になること〟かな？」

自由に？

「その通り。自分の気持ちや欲望に素直になればいい。君は人の輪に入りたがるあまり、まだまだ遠慮《えんりょ》をして力を出し切れていない。特に戦闘《せんとう》能力。従魔を効果的に運用して活躍させるのも悪くはないけど、それによって自分の全力を人目に晒さずに済むようにしている部分がある。その原因は、もう言わなくてもわかるね？」

「……」

「はっきり言って君の、個人としての戦闘能力は前世から極《きわ》めて高い。全力を出しきれば、実力的には既《すで》にAランク冒険者相当。時間をかけて功績を積み重ねれば、Sランクの称号《しょうごう》も狙《ねら》えるね。年齢《ねんれい》を考えるともう既に異常な強さだ。

そこにガイン達《たち》が与《あた》えた魔法の才能。今はまだショボいけど、もっと腕《うで》を上げたら高威力な魔法も放てるだろうし、地球の知識と合わせてもっと複雑で強力な魔法も開発できるだろう。その上で従魔のバックアップを受ければ、あらゆる事態に対応可能になるかもね。

そして強力で優《すぐ》れた力を持つ人間には当然のように、それ相応の高潔な人格や態度、そして周囲への協力が求められる。それを拒否《きよひ》するような言動、態度を取れば、一転して危険人物に早代わり。賞賛は批判と罵倒の嵐《あらし》に変わる」

将来はともかく、彼の言葉は理解できる。

「だけど、ぶっちゃけ僕はそんなのどうでもいいと思うんだよね」

「……どうして？」

「ふふっ、言わなかったかい？　人間も自然の一部。そして自然は弱肉強食の世界だって。人間は繁殖力《はんしょくりょく》と知恵《ちえ》を用いて自然の中に大きな勢力を築いた。そして数の増えた同族を統率《とうそつ》し、脅威《きょうい》から身を守るために独自の価値観やルールが生まれた。人間として、人間社会で生きるのならば、そのルールに従わなければ排斥されるだろう……けどね、それはあくまでも人間社会という枠組《わくぐ》みの中に入るからの話。例えば君が3年間森で暮らしていたように、枠組みの外に出てしまえば人間のルールなんて関係ないのさ。

この世界には魔獣が跋扈《ばっこ》していて、人の生活圏《せいかつけん》以外では危険な場所も多い。だからまだまだ人の手が入っていない未開地域もたくさんあるし、国と国の間にどちらの支配下でもない空白地帯がある場所もある。

君が住みたいと思うところを探し、好きなようにルールを作り、好きなように生きればいい。もし君の力が及《およ》ばなければ、周囲の魔獣や国に追われることもあるだろうけれど、それはそれで弱肉強食さ。逃《に》げてもいいし戦ってもいい」

さらに彼はつけ加える。

「もっと言うと、人間社会の中で好き勝手に生きるってのも、僕はありだと思うんだけどね。例えば気に入らない奴《やつ》や邪魔をする奴がいたら殺すとか。そうなると犯罪者として追われるだろうけど、結局は君にその力があって、相手には君から身を守る力がなかった、ってことだしね」

あっけらかんと言い放つ神、セーレリプタ。

彼は本当にそれを当然のことと考えているのだろう。

会ったばかりの頃《ころ》の特徴的《とくちょうてき》で緩やかな口調もなりを潜めている。

「それが貴方《あなた》の本性《ほんしょう》ですか？」

「んん〜？　否定はしないけど、別に演技をしてたわけじゃないよぉ？　僕、興奮したり長く話すと早口になったりするんだよぉ。……ていうか君、正気に戻ってるね。いつからぁ？」

「……過去の話で嫌な気分になるくらいならまだわかるけど、あんなトラウマみたいな症《しょう》状《じょう》が出てくるのは異常だったし、違和感はあったよ。頭もボーッとしてたから……ハッキリしてきたのはついさっき、自由になることを薦《すす》められたあたりかな？　たぶん精神攻撃《こうげき》の類《たぐい》だろうと思ったら、霧が晴れるみたいに楽になった」

「やっぱその辺かぁ。厳密に言うと攻撃じゃなくて、最初のは感情の動きを大きくする力。次に使ったのが鎮静《ちんせい》の力だね。耐性《たいせい》が異様に高いと聞いていたから強めにかけたんだけど、何事もなく返事したからびっくりしたよ。ってかその口ぶりだと完全に抵抗《ていこう》、ほぼ無効化してる？　ちょっとぉ、こんな話聞いてないよぉ……でも、そうかぁ……」

ブツブツと自分1人で納得《なっとく》している様子を見て、警戒を強める。

神を相手に敵対はしたくないけれど――

「ッ⁉」

感じたことのない悪寒《おかん》が全身を駆《か》け巡《めぐ》る。

頭よりも体がまず反応するが、時《とき》すでに遅《おそ》し。

眼前から消えたセーレリプタは、俺《おれ》の背後を取っていた。

しかも周囲の水を操《あやつ》っているのか、体に重く纏わりついて指一本動かすことができない。

「……これは一体、どういうことですか？」

ここで慌《あわ》てても仕方がない。冷静を心がけて会話を試みる。

「んー、こんな状況《じょうきょう》になってから言うのもなんだけど、誤解しないで欲《ほ》しいねぇ。僕は本当に君のことが知りたくて、お話がしたかったんだよ？　言葉遣いも本当に、そんなに固くなくていいし、最初の力だって、ちょっと本音を引き出したかっただけなんだ」

「だったら最初からそう言って欲しかったですね。神の力なんて使わずに。おかげでどんな距離《きょり》感で話せばいいか、掴《つか》みかねてます」

「うん。僕もここまでするつもりはなかったよ。完全に予想外の事態になっちゃった。……君、いま自分がなにをやったか理解できてる？」

「嫌な感覚があって、反射的に体が動いたとだけ。この体勢から考えるに、攻撃を試みたみたいですね」

俺の右腕《みぎうで》は指先までほぼ一直線に伸《の》ばされ、直前まで背後の彼がいた場所を貫《つらぬ》いていた。

「反射的に水の抵抗が最小限で済む攻撃を選んだんだね……僕じゃなければ鳩尾《みぞおち》を貫かれていたよ。おまけに君はまた僕の力を弾《はじ》いたし……今度はさっきよりも強く、魂の奥深《おくふか》くまで暴《あば》こうとしたのに、本当に君はどうなっているんだい？　普通の人間なら神の力に抗《あらが》う術《すべ》なんてないはず、なのに……君の抵抗力《ていこうりょく》は強すぎる」

「さっきも言ったけど、知らないよ。神様にわからないことが、普通の人間にわかるはずがない」

「……確かに、君に聞いても意味がなさそうだ。仕方がないからもう少し本気で勝手に調べさせてもらうよ。大丈夫、殺すつもりはないから」

そう言われた次の瞬間《しゅんかん》。

「ガッ⁉」

全身を水とはまた別の何かが包み込み、体の中を掻き回されるような不快感と吐き気《はけ》。

意識が、脳が、理解することを拒絶《きょぜつ》する。絶えず何かに侵食《しんしょく》され、自分の中の何かを探る。

「――見――これ――原因――そういう――悪趣味《あくしゅみ》だなぁ――地球―神――僕でも――いよ、こんな遊び――」

背後から、不明瞭《ふめいりょう》なひとり言が耳に届くが、理解できず。

何のことだと叫《さけ》びかけると、今度は唐突に視界が暗転。

さらには洗濯機《せんたくき》の中に放り込まれたかの如く、激しい回転を感じ――止まる。

…………？　終わったのか？　それとも死んだのか？

周囲は真っ暗。体は指一本動かず。だけど先ほどまでの苦痛はない。

もしかすると、あまりのことに気絶していたのかもしれない。

しかし、時間切れで体に戻ったということもなさそうだ……となるとここはどこ？

神々の手によって必要なものが置かれている場合もあるようだけど、神界は基本真っ白。

こんな真っ暗なところは……まさか神界の逆で地獄《じごく》とか？　……まさかな。

それに、ここは暗くて動けないけれど、不思議な安心感がある。

思考しかすることがなく、ひたすらここがどこなのかを考え続ける。

そうしていると頭の上から何か、音がしたことに気づいた。

サク、サク、サク……と一定のリズムで聞こえてくる音はだんだんと近づいてきた。音と同時に振動《しんどう》も感じる。これは……穴を掘《ほ》っている？　え？　俺、埋《う》まってるの？

考えているうちに音が頭のすぐ横から聞こえ、暗かった視界が白に染まる。

「うっ」

「おお！　無事かい⁉」

「あ、あなたは？」

首をできるだけ上へ向けると、麦わら帽子《ぼうし》をかぶり、たった今俺を掘り出したであろう鍬《くわ》を肩《かた》に担《かつ》いだ、優《やさ》しそうなおじさんが立っている。

「いや～、災難だったなぁ。すぐ掘り出してやるから、ちょっと待っとけな」

すると男性は今度は素手《すで》で、まるで自然薯《じねんじょ》を掘り出すように優しく、それでいて素早《すばや》く俺の上半身を固めていた土を取り除き、最後は脇《わき》の下に手を入れて大根のように一息に引《ひ》き抜《ぬ》いてくれた。

「ありがとうございます。本当に助かりました」

「無事で良かっただよ。気分が悪いとか、なんか変なところはねぇか？」

「おかげさまで」

「何をやってるんですか貴方は!!!!!」

「!?　あれ!?　ウィリエリス!?」

背後から聞こえた怒声《どせい》を聞いて振《ふ》り向《む》いてみれば、そこには大きな池があり、そのほとりには以前お会いした大地の女神《めがみ》、ウィリエリス様が立っていた。前回お会いした時の穏やかそうな印象が消し飛ぶくらいの、これぞ憤怒《ふんど》と言うべき形相で……

よく見れば視線の先、湖の上ではセーレリプタが不服そうに体育座《すわ》りをしている。声は聞こえないが、ふてくされつつも会話をしているようだ。

「あちゃ～……あれは本気で怒っとるなぁ。ヘタに口を出すと、こっちにも火の粉が飛んできかねん。しばらく静かにしとくでよ」

「！　失礼ですが、農耕神のグリンプ様ですか？　ウィリエリス様と新婚《しんこん》旅行中だという」

「おお！　知っとったか。オラが農耕神のグリンプだ。お前さんはこの前地球から来た竜《りよう》馬《ま》だな。嫁《よめ》から話は聞いとるでよ」

「改めまして、助けてくださり、ありがとうございます。そして申しわけないのですが、どうしてこの状況に？　途中《とちゆう》の記憶《きおく》がないもので」

「オラ達はさっき言った通り、何億回目かの新婚旅行中だったんだぁ。その途中でセーレリプタの結界を見かけてな。珍しいと思ってみてみれば、あいつがお前さんに悪さしとって……嫁がなぁ……」

なにやら言いにくそうなので深くは聞かなかったが、どうやらかなり強引《ごういん》なやり方でウィリエリス様は結界を突破《とっぱ》。そのまま俺とセーレリプタをまとめて確保し、本人は見ての通りお説教へ。グリンプ様は俺《おれ》の発掘《はっくつ》と保護を任されたらしい。

「うちの嫁とセーレリプタは、昔からそんなに仲が良くなくてな……」

「そうなんですか」

「なんでもこの世界に陸地と海が生まれた時、その割合をどうするかで揉《も》めたとか。それ以来犬猿《けんえん》の仲なんよ」

「……スケール大きいですね……」

ある意味貴重な話を聞きながら、言い争う2柱の様子を静観していると、セーレリプタの視線がこちらを向いた。どうやら今更《いまさら》俺に気づいたようだ。

「あっ、竜馬君！」

「聞きなさい！　まったく……竜馬君、無事ですか？　この独善的な神に代わって謝罪します。この度《たび》は失礼に加えて苦しめてしまったようで、大変申しわけありません」

「えーと、頭を上げてください」

この件はウィリエリス様が悪いのではないのだから。

「しかし……」

「いいじゃないかウィリエリス。竜馬君がこう言ってるんだし」

「貴方が言うんじゃありません!! 竜馬君、聞いての通り、この堕神《だしん》は自分が悪いとはかけらも思っていませんし、謝《あやま》るつもりもないんですよ？」

それは、うん。俺もずっと感じてる。

「これまで話して、なんとなくですが……セーレリプタってあれじゃないですか？ 結局のところ強い奴はなにしたっていいって感じの――」

「まさにその通りさ！ やっぱり竜馬君は理解してくれたんだねぇ。そうなんだよぉ、それこそが全ての生物に平等な真理！ おまけに君はなんだかんだで平然としているし、僕とこうして言葉を交《か》わしてくれている。君なら気が合うか本当の僕を受け入れてくれるかもと思ったけど、間違いなかったねぇ！ 普通《ふつう》の人間は僕の姿にすらケチを――」

「ちょっと黙るだよ」

満面の笑顔で近づいてくるセーレリプタを、グリンプ様が取《と》り押《お》さえてくれた。

「ありがとうございます。で、今こいつが自分で認めた通りなら、神であるセーレリプタ様は俺より上位の存在。格下の俺の言葉じゃどうにもなりませんって」

「ですが……」

「ウィリエリスもそこまでにするだよ。確かに人間の竜馬にそんなこと言ったたって、困らせるだけだべ」

再びグリンプ様があいだに入ってくれた。とても助かる。精神的に。

「あなた……確かにそうでしたね。ごめんなさい。では、この件は他の神全員に通達しておきます。そうすればガイン《創造神》とキリルエル《戦の女神》、あとはフェルノベリア《魔法神》あたりがお説教と適切な罰《ばつ》を与えるでしょう」

「げっ！　あいつらかぁ……」

「当然、私も加わりますよ。今回のあなたの行いは、我々神々のルールにも明らかに違反《いはん》していますからね！」

神の問題は神々の間で解決してくれるようで良かった。

怒られるであろう本人も露骨《ろこつ》に嫌そうな顔をしているが、神のルールを破ったことは理解しているようで、そこに反論はない。

「では、そういうことでお願いします。それでセーレリプタ様の件は水に流しましょう」

「水場の神の件だけに？　う～ん、やっぱり面白《おもしろ》くはないね」

「「「……」」」

なぜこのタイミングで⁉　空気の読めない一言のおかげで、再びウィリエリス様がキレそうだ。しかもそんなこと一言も言ってないし！

「あー、なんかまた面倒《めんどう》なことになりそうだから、僕は帰るね！　っと、そうだ竜馬君！」

「今度は何だ……」

もはや敬意とかほとんど抱けないんだけど……

「せっかくだから最後に1つ、いいことを教えてあげるよ。君が欲しがっていたマッドスライムの探し方だけど、君のいる村の周りに森があるだろう？　そこの泥《どろ》を泥魔《どろま》法《ほう》でひっかき回してごらん。マッドスライムは〝同化〟というスキルで泥の中に隠《かく》れているから、目で探しても無理なのさ。泥魔法で隠れてる泥を動かせば、驚《おどろ》いて自分から出てくるよ」

「お、おう？　それはありがたい」

……いや、これは本当に嬉《うれ》しい情報だ。

「じゃあね、竜馬君。僕は君が〝本当の意味で〟幸せになれることを祈《いの》っているよ。近い将来、君の身の回りは騒《さわ》がしくなるだろうから頑張《がんば》って。それまで、もうしばらくは平和な村の生活を楽しんで。そしてもし、いつかどうしても生きるのが辛《つら》くなったら、僕のところへ来るといい」

突然に真面目《まじめ》な顔をして、雰囲気《ふんいき》も同じくしたセーレリプタに戸惑う。隈《くま》がひどく垂れ気味だったその瞳《ひとみ》は、彼自身、そして他の誰にも、一切《いっさい》の冗談《じょうだん》を挟《はさ》ませないと言わんばかりの鋭《するど》い眼光へと変わっていた。

「じゃ、またね！」

かと思えば、あっという間に元の表情に戻り、湖へ沈《しず》むように消えていく。

そして完全に姿が消えた後。

「……何だったんだ？」

「変ですね？　あの身勝手で他人の迷惑《めいわく》を考えない彼が、あんなに真面目な顔で真面目に話をするなんて、私はここ数千年ほど見たことがないのですが」

「それは——っと！　時間切れか」

いつもの光の粒《つぶ》が、周囲を漂《ただよ》い始める。

「それではお2人とも、俺も帰ります。助けていただき、本当にありがとうございました」

「今度はもっとゆっくりお話しましょうね。それから」

「？」

ウィリエリス様が、再び表情を引き締めた。

「竜馬君。セーレリプタがあなたに言ったことは、彼から聞き出しました。話を聞いてし

まった以上、気にするなというのは難しいでしょう。だから私からも少し……〝あなたの人生はあなたのものです〟。

長い人生、悩み、苦しむこともあるでしょう。そのつど、時間をかけても構いません。あなたがやりたいように、あなたが生きたいように、自分の生き方を自分で選択《せんたく》して生きてください。あなたにはそうする自由と権利があります。それだけは忘れないでください」

「……ありがとうございます」

「おお、そういえばオラも会えたら言いたいことがあったんだべ」

なんとなく重苦しくなった空気を、グリンプ様が切《き》り裂《さ》いてくれる。

さっきから思ってたけど、彼はよく気を回してくれる神様のようだ。

セーレリプタとは正反対だな。

「作物の作り方でな。竜馬君のあれは肥料と魔法のおかげで何とか形になっとるだけで、とんでもない力技だべ」

「なるほど、暇《ひま》があったら一度、ちゃんとした農業のやり方を学んでみます」

「それが良い。そうすれば収穫量《しゅうかくりょう》も品質ももっと上を目指せるさ。詳《くわ》しいことはまた次回な」

「アドバイス、ありがとうございます。それでは！」

光に包まれ、暗くなった村の広場に意識が戻る。

「ふぅ……」

神様にも色々な奴がいるもんだ……というか、明日はここの領主様と会うから祈りに来たのに、意味がなかったな。……何はともあれ、無事に帰れたんだし、さっさと帰って寝《ね》てしまおう。

祠《ほこら》から離れ、帰路に就く。冷たい風が吹《ふ》く中を1人で歩いていると、なんとなく、セーレリプタの最後の言葉が頭に浮《う》かんだ。

〝近い将来、君の身の回りは騒がしくなるだろうから頑張って〟

〝そしてもし、いつかどうしても生きるのが辛くなったら、僕のところへ来るといい〟

まるで予言のようにも聞こえる。近い将来というと、ギムルのことか？　もうすぐ帰るけど、治安が悪くなっていたようだし……だとしても、何を思ってあんなに真面目に言葉を残したのか？

……どうでもいいか。

〝あなたの人生はあなたのものです〟

ウィリエリスの言う通り、俺はこれからもこの世界で生き続ける。

セーレリプタの言うことが正しくても、俺は俺なりの幸せを追い求めていくだけだ。

幸いにして、時間はたっぷりあるのだから。

そして何より――

「ただいま戻《もど》りました！」

「あら、お帰りなさい」

「もうすぐご飯できるからね」

「待ってたぞ！」

「リョウマ、悪いけど親父《おやじ》の酒に付き合ってやってくれ」

「なんかあったらしいんだけど、ペース早くて僕らじゃ相手できないよ」

「そういうことなら、ご相伴《しょうばん》に預からせていただきましょうか」

――未来に何があろうと、今が幸せなのは間違いないのだから。

特別書き下ろし・馬場の決意と神の夢

「ふざけるな！　今更《いまさら》そんなことができるわけないだろう！」

とある会社の小会議室。今は会見前の控《ひか》え室《しつ》として使われている部屋で、1人の男が叫びながら机に拳《こぶし》を落とす。そして罵声《ばせい》を正面から受け止めるのは、定年間近の男――竹林《たけばやし》竜馬《りょうま》の死後、課長職についた馬場だ。

「社長、落ち着いてください」

「うるさい！　お前は黙《だま》ってろ！」

社長と呼ばれた男はまだ40代。馬場と同じく定年間近で、明らかに年上の秘書の言葉にも耳を傾《かたむ》けず、馬場を罵倒《ばとう》し続けた。

「社長、お時間の方が……」

「っ！　そうだ、時間がないんだ！　これから記者会見のこのタイミングで、会見内容を変えるなんてできるわけがないだろうがッ！」

「ですが社長。現在予定されている内容……迂遠《うえん》な言い回しをしても要は〝上層部は何も知らなかった〟、〝部下が勝手にやったことだった〟、〝社員の暴力事件は社員個人の問題〟……つまり会社は無関係。それでは世間は納得しませんよ。絶対に」

「だったら！　どうすれば良いと」

「非は非として素直《すなお》に認めることです。労働基準法違反などはマスコミに証拠《しょうこ》を押さえられているでしょう。もはや言《い》い逃《のが》れはできません。３課の社員が傷害事件を起こしたことも事実。……もはや私１人で責任を負える問題ではなくなっているのです。社長、どうかご決断を」

「だから、できないと言ってるだろ！　そんなことをしたら、この会社は終わる！」

「そんなことをしたら、じゃない！」

「!!」

断固として提案を受け入れようとしない……否、現実を見ようとしない社長に、馬場が声を荒《あら》らげた。

それにより生まれた気まずい沈黙《ちんもく》。それを破ったのもまた馬場。

「失礼しました、社長。問題そのものもありますが、事態の悪化に対応の遅《おく》れも重なっています。会社の信用も地に落ちました。この場をしのげたとしても立て直す策がありますか？」

「それは……」

「もう、この会社はどうにもなりません。終わりです。ですが、しっかりとけじめをつければ、また再出発もできるでしょう。私も全力を尽くします。だからどうか、ご決断を。社長……いや、昭典君《あきのりくん》」

「……久しぶりだな。そう呼ばれるのは……」

昭典と呼ばれた社長は、いわゆる二代目社長。そして馬場は、先代であり創始者である、彼の父親の部下だった。そのため、かつての2人には、親戚《しんせき》のような距離感での付き合いもあったのだ。しかし、

「全力を尽くす？　そんな心にもないことを、よく言えたな……これまで俺がどんなに苦労しても、見てみぬふりを続けてきたくせに」

「……否定はしないよ。確かに僕は一度、君を見限った」

馬場の脳裏《のうり》に浮かぶのは、かつての光景。目の前にいる男がまだ若かった頃の話。

「先代が亡《な》くなられて、君が会社を継《つ》いで数年、というところだったね」

「ああ……親父から権利を引き継いだはいいが、業績はだんだん落ちていった……親父の代から働いてくれてた人もどんどん辞めた。本当はお前も辞めたかったんだろ」

「一時はそう思ったよ。……僕が昭典君を見限ったのは、君が取引先とおかしな裏取引を

始めようとした時のことだ。働く気のない取引先の重役の子を、世間体《せけんてい》のために預かる代わりに仕事を貰《もら》うなんて」

「必死だったんだ！……親父が少しずつ大きくしてきた会社が、自分の代で、自分が引き継いでから傾き始めた。コンピューター関連の技術が発展するにつれて、同業他社もどんどん増えて……あの時はああするしかなかった！　私はなんとしても会社を守りたかったんだ！」

「それは私も同じだよ。だけど私は君に真っ当な方法で会社を立て直して欲しかった。それだけの技術とノウハウが、この会社と君にはあると信じていた。僕は営業担当者として、それを全力で支えていきたかった」

「今更だな。私はお前の話を聞かず、おまけにお前を営業から開発部に転属させた。それが腹に据《す》えかねたんだろう」

「その通りさ。当時は私もまだ若く、そして余計なプライドもあった。少しは耳を傾けてくれると思っていた君から厄介者《やっかいもの》として扱《あつか》われ、なおかつ営業からも外されて……先代がいた頃から積み重ねた全《すべ》てを、踏《ふ》みにじられたような気がしたんだ」

「だったら何で、今更手を差し伸べるような真似《まね》を？　首を切られそうになったから味方面か？　……まぁ、関係のない責任を負わされるとなれば分からなくもないか」

それは誰《だれ》に向けたものか……わざとらしい嘲笑《ちょうしょう》を見せた昭典に対し、馬場は古い記憶を思い出しながら語りかける。

「営業から外されて開発部に移った僕は、自分より若い社員の部下になった」

「？　何だ、突然《とつぜん》」

「先日亡くなった竹林君のことだよ。……彼が亡くなってから、色々と考えるようになってね……私にはやり残した事があると気づかされたのさ」

「やり残したこと？」

「1つは亡くなった竹林君から、残された3課の真面目な子達のことを頼《たの》むと言われていてね……全員から退職届を預かってきたよ」

「なっ⁉　全員まとめて辞《や》める気か？　辞めてどうする？　就職先は？」

「それが実に不思議なんだが……私以外の全員分、あっさりと見つかったんだ」

「そんな馬鹿《ばか》な。この不況《ふきょう》の世の中で、そんなにあっさりと新しい職場が見つかるなんて……フン。条件が悪くても、この会社と心中するよりはマシということか」

卑屈《ひくつ》なことを言う昭典に、馬場は悲しげな目を向ける。

「そしてもう1つのやり残したことは……一度、君を支えることを放棄《ほうき》した私が言うなんて、勝手な話だとは分かっている。だけど、先代からの頼みだ」

悲しげな目から一転。覚悟《かくご》の光を宿した瞳が、昭典をまっすぐに見据《みす》える。

「〝もしもの時は……昭典にしっかりとケジメをつけさせて欲しい〟。先代は、亡くなる前にそう言っていた。

〝未来に何が起こるのかは分からない。そうならないことを祈っているが、もしも、責任を取るべき時が来たら……責から逃げ出すような人間には、なって欲しくない。それに社長としての責を負う覚悟ができると信じるからこそ、自分は他の部下ではなく、昭典に、まだ若い息子《むすこ》に社長の座を譲《ゆず》ると決めた〟、とも……私は――」

「もういいッ！」

馬場の話は、昭典の搾《しぼ》り出すような叫びで遮《さえぎ》られた。

「なぜ……なぜ今になってそんな話をするんだ！」

「……」

「……いや、違うな。お前達は、親父の部下だった奴はいつもそうだった。親父さんだったら、お父様なら、お父様は、言い方は多少違っても、いつも親父のことばかりだった！」

「！　昭典君、それは」

「分かってるさ！　親父の部下の皆《みな》が期待してくれてたことも！　俺が若くて未熟だったことも！　……だけど、どいつもこいつも、俺を見ちゃいない。俺を通して親父を見ていた。お前達は俺を親父のように育てるのに必死。繋《つな》がりのあった会社の社長連中は、明らかに態度と、うちとの付き合い方を変えた」

「……」

「……私は私で必死に親父の後を継ぐに相応《ふさわ》しくなろうとしていたが、そんなに頼《たよ》りなかったか？　いや、頼りなかったんだろう。実際に経営はどんどん悪化する一方だったからな。

……例の取引の相談を受けたのも、そんな時だった……親父の頃から付き合いのあった会社の社長からで、よく仕事も貰っていた。ただでさえ会社が傾いているときに、大口の顧客《こきやく》を失うわけにはいかなかった。

……私だって、好き好んであんなクズどもを雇《やと》いたかったわけじゃない。一度だけのつもりだったし、会社が安定してからは、断ろうとも思っていた。尤《もつと》も、そうなる頃には断れない状況を作られていたわけだが……結果がこれだ」

自嘲的《じちようてき》に語っていた昭典は、ここで笑うが、誰も追従することはなく……数秒の沈黙の後。

「もういいだろう。話は終わりだ。馬場、会見は予定通りに行う」

「社長！」

「しつこいぞ！　別に無策というわけじゃない、今日の会見を切り抜けたら、これまで預かってきた馬鹿共の親と会社から支援《しえん》を受けて、必ずや元通りに会社を立て直す！」

「そんなことが、できるわけが」

「できる！　いや、やるんだ！　そうでなければ本当に終わりだ！　状況が悪いのは分かっているが、こんな時のために預かってきた馬鹿は親とその会社、子供の勤務態度も含《ふく》めて記録してある。それを使ってこれまでの逆をするだけさ。脅《おど》し返して必ず支援を引き出してやる！」

「‼」

次の瞬間、室内に再び沈黙が流れた。

それまで大丈夫《だいじょうぶ》だと狂《くる》ったように、それでいて自分に言い聞かせるような昭典は言葉を失い、全身を硬直《こうちょく》させている。その視線の先には馬場が1人。定年間近の老いた体をふるわせて、爪《つめ》が手に食い込むほど拳を握《にぎ》り締め、目から涙《なみだ》が溢《あふ》れていた。

この時、馬場の心にあったのは、これまで抱《いだ》いていたものをはるかに超《こ》える後悔《こうかい》だった。

彼《かれ》の記憶に残る若かりし頃の昭典は、確かに父親と比べてしまうと頼りない青年だった。

しかし、仕事に対して誰よりも誠実で努力をしていた、真面目な青年であった。

彼を支えると決めたのは、彼の父親から頼まれたというだけの理由ではなかった。

若い頃の彼を見ていたら、応援《おうえん》したいという気持ちが自然と生まれていた。

そういう青年、だったはずなのに。だったからこそ、

〝どうしてこうなる前に、自分は彼を支えられなかったのだろうか？〟

〝どうして彼が苦しんでいた時に、自分は彼から目を背《そむ》けていたのか？〟

「すまない、昭典君……本当に、すまなかった……」

「何を突然……そんな言葉、今更なんの意味もない。さっさと会見の準備を」

「ダメだ！　やはり考え直してくれ！　僕は君に、これ以上罪を重ねて欲しくない！」

「昔とは時代が違《ちが》うんだ！　ネットが発達してＳＮＳも盛んだ。これだけ騒がれては、すこし検索《けんさく》すればこの会社の社長だったことが簡単に分かる。やり直すにも問題が生じる。だから今を何とか乗り切るしかない！」

「それでも――」

「～!!　やかましいッ！」

諦《あきら》めることなく縋《すが》り付《つ》く馬場と、それを振り解《ほど》いた昭典。

ただそれだけの行動が、ここで双方《そうほう》にとって思わぬ結果を招いた。

「危ないっ!?」

蚊帳《かや》の外になっていた秘書が叫び、止めようとしたが一歩遅かった。

年老いた馬場の体は振り解かれた勢いに負け、後方へ倒《たお》れこむ。

その先、頭の位置には運悪く、会議用の机の角。

「ぐぁっ⁉」

「はっ！　馬場⁉」

「あ、あ、きのり、くん」

「あ、ああ……」

馬場の頭と接触《せっしょく》した机の角にはべっとりとその血が付着していた。

そして本人は立つこともできず、代わりに名前を呼ぶ。

「馬場さん……頭が、私が…」

「大《だい》、丈夫《じょうぶ》、だとも。これは、事故、だから。それより、どうか考え直して……お願いだ」

朦朧《もうろう》とした意識の中、馬場は訴《うった》え続けた。

考え直すように、誠意ある会見を行うようにと。

しかし返事を聞く間もなく、彼の意識は朦朧として、やがて気を失ってしまう。

そんな彼の必死の訴えは、予想だにしない相手にまで、届くこととなる……

■
■
■

「……ここは……?」

「‼ 馬場さん! 目が覚めたんですか⁉」

「……田淵《たぶち》君? どうして、君が……」

「それは、ああ! 話は後で! まず先生呼びますから!」

次に馬場が目覚めたのは、搬送《はんそう》された病院のベッドだった。

そして待機していた田淵は、慌ててナースコールを押す。

すると間もなく医師とナースがやってきて、診察《しんさつ》を行った。

「……うん、この調子なら、大丈夫そうですね。しばらく入院は必要ですが、後遺症《こういしょう》などは残らないと思いますよ」

「良かった! っと、すいません……」

「ははは、ありがとうね、田淵君。先生もありがとうございます」

「いえいえ。それではお大事に。ああ、それと申し訳ありませんが、明日には警察の方が事情聴取《ちょうしゅ》にこられると思います」

「……分かりました」

「では、お大事に」

そしてナースと医師が退出した後、馬場は田淵から何があったかを聞く。

「つまり、田淵君は偶然《ぐうぜん》竹林君の家に行き、大家《おおや》社長と会って、私を心配して会社に来てくれたのか」

「そんな感じですね。馬場さんの居場所を聞いて会議室に入ったら、頭から血を流して倒れてるんですから、死ぬほど驚きましたよ……僕《ぼく》、思わず固まっちゃって、大家社長の指示がなかったらどうなっていたことか。

救急車を呼ぼうとしたら、社長秘書の人が呼ぶな！　って止めてきて、社長は社長で呆然《ぼうぜん》として何も言わないし。仕方なく僕が外に助けを呼びに行こうとしたら、秘書が大声で警備員を呼んだせいで取り押さえられそうになるし……」

「そんなことがあったのかい？　田淵君、怪我《けが》はなかった？」

「あー、僕は全然。逆に取り押さえようとした警備員3人をぶっ飛ばしてやりましたよ！」

ここで胸を張る田淵だが、馬場はその話を信じられなかった。

「おいおい、本当の話が聞きたいんだ。冗談はやめてくれ」

「……いや、本当なんですって！　まぁ、偶然ではありましたけど」

そう、その言葉は真実であり、奇跡《きせき》的な偶然だった。

助けを呼ぶため会議室から出た田淵を、秘書の大声により集まった警備員が追い、捕《つか》まえたその瞬間。田淵は追いついた警備員らと向き合う形になった。

そして屈強《くっきょう》な警備員らの気迫《きはく》に押され、恐怖《きょうふ》を感じた田淵は反射的に後ろに仰《の》け反《ぞ》り、なおかつ足をすくませ膝《ひざ》の力が抜けた。通常なら田淵は後ろにすっ転び、取り押さえられて終わりだっただろう。

だが、偶然にもこの時は……
・仰け反ろうとしたことにより、田淵の重心が後ろに偏《かたよ》っていた。
・警備員らは田淵を捕まえようとして手を伸ばし、重心が前に偏っていた。
・田淵は警備員らに服や体の一部を掴まれていた。
これらの条件が奇跡的に整った上で、田淵は膝の力が抜けたために転びかけた。そして反射的に、両手で自分を掴む手にしがみつく。

結果として田淵の全体重が前傾《ぜんけい》姿勢の3人の腕《うで》にかかり、まるで合気道の達人の如く、掴みかかった警備員らをまとめて引き倒すことに偶然成功したのである。

「本当に偶然でしたけど、主任から格闘技《かくとうぎ》の理屈だけはよく聞いてたので。多分そういうことだと思います。たまにはこの体も役に立つもんですね」

「なるほど、納得《なっとく》したよ」

余談だが、田淵の体重はここ最近のストレスからか、それとも先日の飲み会で食べ過ぎたのか、とうとう3桁の大台に乗った。

「……では、会社のほうは？　どれだけ時間が経ったか分からないが、会見は終わったかい？」

「それは終わってます……けど、あまり状況は良くないです。会見直前でテレビとか新聞記者とか来てましたし、あのタイミングだったんで、馬場さんの搬送も目撃されてて……」

「そうか……」

「……あ！　でも馬場さん、これ見てください！」

「？」

田淵が懐からスマホを取り出して、とあるネットニュースのページを表示させる。

その記事は、このような書き出しから始まっていた。

〝全ては私の責任です〟

〝社員の過労死・公務執行妨害・傷害。不祥事の続くブラック企業の実態に迫る！〟

「これは、昭典君が？」

「昭典？　あ、社長の……そうなんです。なんかうちの社長が一切の非を認めて、丁寧に対応したらしくって。意外と悪化してないみたいで……まぁ、これまでうちの社員が事件を起こしたのは全部事実ですし、これで評判が良くなったとか、許されたってわけでもないんですけどね」

「そう、だろうね。でも、そうか……考え直してくれたのか、昭典君は……」

馬場の頬《ほお》に一筋の涙が伝う。

その様子を見て、田淵は馬場と社長が親しい関係にあったことを察し、口をつぐむ。

しばらくの間、病室内では静かな時が流れた。

「……そうだ、田淵君。ガイン様。クフォ様。ルルティア様。そういう名前の神様を知っているかい？」

「え？　いきなり何ですか？」

「君は神話とかに詳しかったかと思ってね。あと、最近のラノベとかいう本にも」

「神話にラノベなら人並みには詳しいと思いますけど……そんな名前の神様、いたかな？　少なくとも有名な神様じゃないと……ってか、本当にどうしたんですか？」

「いや実はね、ただの夢だとは思うんだけど……意識を失ってる間にその神様達がやってきて、僕と話していた気がするんだよ」

「……馬場さん、転生するんですか？　目覚めたからしそこねた感じ？　何か超能力《ちょうのうりょく》とか宿ってません？」

「そういうのは多分ないね。僕は神様達に話を聞いてもらっていただけだと思う。いわゆる懺悔《ざんげ》だ。何を話したかとか、細かい部分は思い出せないんだけど……一通り話し終わったら、神様達はこう言ってくれたんだ。〝大丈夫、君の気持ちは伝わったよ〟とね」

「……それって、社長のことですか？」

「ああ、田淵君は知らないよね」

馬場は自分と社長の関係を説明し、倒れる前の状況についても話すことにした。

「で、起きてみたら本当に、社長が誠心誠意対応していたと。本物だったんですかね？ その神様」

「だと嬉しいね。本当に、よく思い出せないのが残念なくらい、真剣《しんけん》に話を聞いてもらってね。落ち着いた……というか、すごく大事な事も聞いたような……」

「大事な話。それは気になるから思い出してくださいよ」

「そう言われてもね……」

「主任もいたらきっと聞きたがが」

「それだ！」

「え？　これ？」

「竹林君の話だよ。彼、その神様達の世界に転生して楽しくやってるって」

「……マジですか」

「どう思う？」

「……本当なら楽しそうで良かったっていうのと、あと滅茶苦茶《めちゃくちゃ》羨《うらや》ましいです」

2人は顔を見合わせて、数秒後。どちらからともなく笑い出す。

「本物だといいですね、その神様」

「ああ、彼が幸せになっていることを願いたいね。お話だと冒険《ぼうけん》とかもするんだろう？」

「ファンタジー系の世界ならお約束ですね。最近は現代に近い世界とか色々なバリエーションもありますけど。多少危険な世界でも主任なら大丈夫でしょうしね！」

「ははは、彼はねぇ……そういえば彼って何かの免状《めんじょう》とか持ってたのかな？　鍛《きた》えてるとは聞いていたけど、流派とか踏み込んで聞いたことはないなぁ」

「あー、それなら確かお供えもの、じゃなかった……〝無名神前流《むみょうしんぜん》〟だったかと」

「へぇ、そんな名前だったのか。神道《しんとう》系かな？」

「うろ覚えですけど、多分間違《まちが》ってないと思います。先輩《せんぱい》からもらった先祖伝来の古文書に書かれてたんで」

「そんな本まであるのかい」

「僕もそう言ったら、変な一族だろって笑ってました。今頃《いまごろ》異世界でその力を発揮してるんですかね」

「分からないね……だけど、どちらでもいいさ。とにかく彼が幸せならね」

「……ですね」

こうして2人は同僚《どうりよう》の冥福《めいふく》をこの世ならざる神へと祈る。

対象の神々が本物の神なのか、どうして異世界の神々が馬場の夢に出てきたのか。彼らには知るよしもなく、また、どうでもいいことだった……

あとがき

こんにちは。〝神達に拾われた男〟作者のＲｏｙです！

読者の皆様、「神達に拾われた男　８」のご購入ありがとうございました！

今回は７巻に続いてヒューズが無事結婚！　さらに新たな仲間（食材？）も増えて、舞台は大きな湖のほとりにある漁村、シクムへ！　のどかな漁村で穏やかに、そして時にはにぎやかに、日々の生活を楽しんでいたリョウマですが……なんだか最後で不穏な気配。なにか物語に動きもありそうですし、リョウマの生活はこれからどうなっていくのか……

そして動きといえば！　なんと「神達に拾われた男」のアニメ化企画が進行中‼

この８巻の執筆や書籍化作業の裏で、こっそりと準備が進んでいました！

私としては書籍化のお話をいただけたこと、そして今現在も続けさせていただけているだけでも、とても大きなお話なのですが……アニメです。

Ｗｅｂ上で〝是非アニメ化してください！〟みたいなコメントは時々頂いていたものの、そんなに簡単なものじゃないだろうと。私はあくまでも読者様からの応援しているという

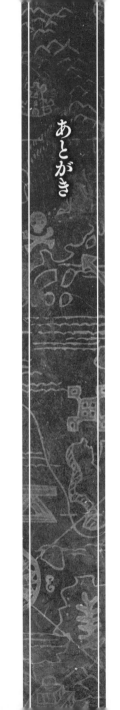

〝表現〟として受け取っていましたし、〝アニメ化されたら嬉しいだろうな～〟、と考えたことはあっても、本当にアニメ化のお声がかかるとは思っていませんでした。

そのため、正直、最初は詐欺やドッキリの類を疑いましたが、実際の作業に原作者として関わらせていただき、ようやく実感。今では大変ありがたく、そして嬉しく思っています。

「神達に拾われた男」がここまで来れたのは、これまで読んでいただき、また購入もしてくださる読者の皆様のおかげです。いつも本当にありがとうございます‼　これからも私は、これまで書き続けた自分自身と、私と作品を応援してくださる皆様がいることを信じて頑張りますので、また次回（9巻）も、そしてアニメもよろしくお願いいたします。

2
江本マシメサ
ill.仁藤あかね
『王の菜園』の騎士と、
『野菜』のお嬢様

無事に『王の菜園』の新事業を
進められることになったコンスタンタンとリュシアン。
仕事の傍ら、二人はゆっくりと仲を深めていくのだが、
突如リュシアンがロイクールによって誘拐されてしまい――
堅物騎士とお転婆お嬢様の恋物語、
波乱の第2幕!!
コミカライズ企画も進行中!!
2020年春、発売予定!!

大聖堂にようやくたどり着いた
クマキチ一行を待ち受けていたのは
反逆者の烙印だった。
王国の覇権を巡った政局の渦に巻き込まれ、
絶体絶命のピンチが訪れる。
転生 9
―森の守護神になったぞ伝説―
三島千廣
イラスト○転

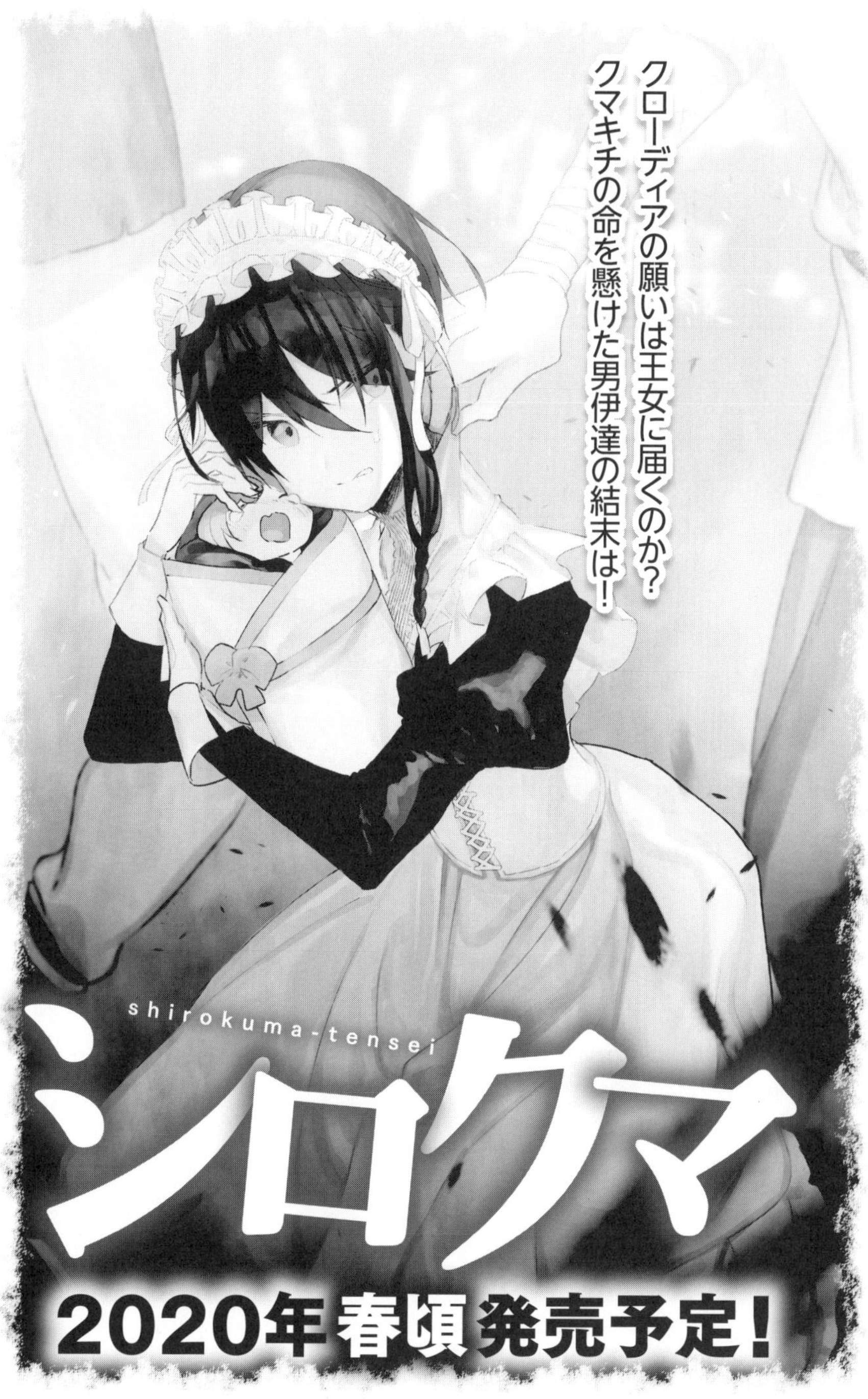
クローディアの願いは王女に届くのか？
クマキチの命を懸けた男伊達の結末は！
shirokuma-tensei
シロクマ
2020年春頃発売予定！

HJ NOVELS
HJN27-08

神達に拾われた男 8

2020年2月22日　初版発行
2020年9月 4 日　２刷発行

著者——Roy

発行者—松下大介
発行所—株式会社ホビージャパン
〒151-0053
東京都渋谷区代々木2-15-8
電話　03(5304)7604（編集）
03(5304)9112（営業）

印刷所——大日本印刷株式会社

装丁——coil／株式会社エストール

Printed in Japan

ISBN978-4-7986-2124-1　C0076

ファンレター、作品のご感想お待ちしております

〒151−0053　東京都渋谷区代々木2−15−8
(株)ホビージャパン HJノベルス編集部 気付
Roy 先生／りりんら 先生